Opal
オパール文庫

二度目の恋は、甘く蕩けて 捨てられたはずの元カレ幼馴染みと 溺愛結婚始めました

彼方紗夜

プランタン出版

※本作品の内容はすべてフィクションです。

プロローグ

照明を落とした寝室のベッドの上で、男らしい均整の取れた身体が覆い被さるのを受け止める。

はだけた服もそのまま、汗ばんだ素肌が吸いつくように重なった。

私より少し高い体温。

昔より厚みが増して、たくましくなった男の身体。

それらをずいぶん久しぶりに感じたら無意識に甘やかな吐息が漏れて、私は襟足で揃えられた拓巳(たくみ)の髪にぎこちなく手を伸ばす。

拓巳が切れ長の目を甘く細める。

胸まで長く伸びた私の髪がすくわれ、骨張った指の隙間からさらりと落とされた。

快感をたっぷり味わった身体は、さっきから火照ったまま。

なのに、期待で鼓動がさらに高まるのを止められない。

「んんぅ……！」

開かされた足のあいだに、拓巳が腰を押し進めてくる。

ナカをこじ開けられる痛みで思わず眉を寄せると、拓巳が慰撫するように指の背で私の頬に触れた。

「キツ……律、ひょっとして痛い？」

どうにかうなずくと、拓巳が腰を引こうとする。

「やっ、抜かないで……っ。大丈夫だから……！」

私は息を乱しながらも首を振る。

目をみはった拓巳が、今度はゆっくりとためらいがちに入ってきた。

「どれくらい……シてないんだ？」

「っ、……十年くらい」

拓巳と別れてから経った時間と、ほぼおなじ。

その事実が正確に意味するところは、拓巳にも伝わったはず。

いたたまれなさのあまり、私は切れ長の目から顔をそむける……けどだしぬけに、内側から押し広げられる圧迫感がひどくなった気がした。

「ねえっ、ちょっ、拓巳、おっきくなってない……!?」

「そうりゃそうだろ」

拓巳の目がやけに熱っぽい。

「そういうの、俺だけだと思ってた。おまえもそうだったって聞かされたら、めちゃくちゃ嬉しいし興奮するっての……ッ」

腰をつかんだ拓巳に奥まで一気に押し入られて、甘い悲鳴が口をつく。

激しく揺さぶられるたび、腰が浮いた。

ひきつれるような痛みはナカが拓巳の形を思い出すにつれて遠のき、代わりにあふれた愛液がシーツまで伝う。

私を見つめるまなざしが欲情をはらんで熱を帯びる。心臓が今にも飛び出そう……。

「律。ずっと、この腕におまえを抱きたかった。やっと叶った」

「拓巳……、拓巳っ……」

低くかすれた声に胸がつまって、視界が潤んだ。

気持ちは今にもはち切れそうなほど膨らむのに、唇は震えるだけで言葉が出てこない。

——私だって、そう。

たまらず拓巳の首裏に腕を回すと、離さないと言わんばかりに強く抱きしめ返された。

ほかの誰ともちがう、拓巳のぬくもりが汗ばんだ素肌にしみてくる。

——しっくりくる。

やっぱり抱かれるのは拓巳でないとダメで、拓巳だからこそ……こんなにも感じる。
拓巳もそう思ってくれてる……？
そうだったらいい。

もしそうなら、私たちはもう、十年前みたいにはならない。
今度こそ、ふたりで笑っていられるはず。

一章　フラれたはずの幼馴染みと結婚するようです

仕事中は眼鏡着用がルールだ。販売員だけではなく、事務職の私もそう。

でも、定時後はどういう扱いになるんだろう。事務所にいても、やっぱり外したらマズいんだっけ。

本格的な暑さを迎えた七月上旬、エアコンの効きが悪いビル二階の事務所でそんなことをぼんやりと考えていると、フロア勤務の先輩から内線がかかってきた。

『結城(ゆうき)さん、売り場に真由子(まゆこ)さんがいらしたわよ』

「はーい、下ります」

私は外していたメタルフレームの眼鏡をかけ直し、うなじの上でひとつに結わえているダークブラウンの髪にも触れて確認する。ほつれは……うん、なし。

急ぎ足で一階に下りフロアに出ると、ちょうど眼鏡を試着していた真由子さんがふり向いた。

「りっちゃん！　あら、今日の眼鏡いいじゃない。丸みがあるから、律ちゃんの堅さをやわらげてくれてるわ」

「私って、堅そうに見えますか？」

「そうやって生真面目に気にするところが、りっちゃんのいいところよ」

チャーミングに笑う真由子さんは、「星見眼鏡店」のお得意様だ。

ショートにした黒髪に縁取られた小さな顔に、ボルドー色のセルフレームがよく似合っている。

昔はモデルをしていたそうで、還暦を過ぎたとはとても思えないすらりとしたプロポーションはどこにいても目立つ。

ごくごく平凡な顔立ちの私にとって、憧れの存在だ。

私はといえば、垂れ目気味の目だけは人に言わせるとチャームポイントで、おっとりして見えるらしい。

職場でもよく「なんでも許してくれそう」と言われる。怒らなそう、とも。

といってもそれは正確ではなくて、私も腹を立てないわけじゃない。ただ、相手の事情を考えているうちに怒りそびれていることがままあるというだけ。

容姿に関してほかに言えるのは、鼻が高くないことと、唇がやけにぽってりしていることくらい。どちらもけっこう気にしている。

身長も、バストサイズもほぼ平均。

眼鏡をかけると、突出したところのない地味で堅い二十八歳、アラサー社員のできあがりだ。自分で言っててちょっと悲しい。

そんな私だけど、親よりも歳の離れた真由子さんになぜか気に入られ、プライベートでも仲良くさせてもらっている。

「で、どう？　最近は。出会いはあった？」

「真由子さん、私まだ業務時間で」

「だからそういう堅いことを言わないの。客との積極的なコミュニケーションは接客の基本よ？　それにほかの客もいないじゃない」

ちゃめっ気たっぷりだけれど、なかなか押しが強い。

店長が店の奥で苦笑気味にうなずくのを確認して、私は真由子さんに向き直った。

「……ないですよ、残念ながら。このまま三十になりそうです」

「そんなんじゃだめよ、積極的に出会いを取りにいかないと。待ってるあいだに、いい男はよその女に取られるものなんだから」

そう言う真由子さんは、三度の結婚と離婚を経験している。

それでも私に出会いを勧めるあたり、どの結婚にも後悔はないいんだと思う。これだけ素敵な女性なら、さもありなん。

「でね、今日はいいものを持ってきたのよ。ちょっと見て」

真由子さんは受付カウンターの椅子に腰を下ろすと、革のハンドバッグから取り出した四つ折りのフライヤーをカウンター上に広げた。

私も向かいに座って覗きこむ。

「これね、息子が主催するパーティーなんだけど、行ってみない？」

「パーティー？」

「そ、婚活パーティーよ」

私は取りあげかけたフライヤーから、反射的に手を離した。

「私、そういうのは……」

「あら、息子の会社はまったく健全な企画会社よ。宗教やスピリチュアルの勧誘もないから安心して」

「いえっ、そうではなく」

「婚活パーティーにいいイメージがない？　あのね、息子によれば今の時代はアプリでも婚活ができるんですって。でもやっぱり会わないことには、相手の為人(ひととなり)なんて判断できないじゃない？　だからこそこういうパーティーにも需要はあるの。大丈夫、軽い気持ちで参加すればいいのよ。美味しいお料理を楽しむために参加する、くらいの気持ちでね」

「でも、私は」

「いい？　りっちゃん。いつまでも過去の恋を引きずっていたって、いいことはないわ」

過去の恋の話をした覚えはないのに、真由子さんは訳知り顔で畳みかけてくる。

「二十代をこのまま無駄にしてはだめ。りっちゃんは今が華なのよ。新しい扉を開く絶好のチャンスだわ。大丈夫、だめだったらやり直せばいいだけよ」

いつのまにか握らされたフライヤーを前に、私は困惑で眉を下げた。

仕事帰りにデートをする恋人もいないので、今日も駅前のスーパーで買い物をして大人しく帰る。

職場から電車で三駅。駅からは徒歩二十分。

築十二年という、新しくはないけれど古いというほど古くもない、五階建のワンルームマンションが私の住まいだ。

近くに大学があるため入居者の大半が学生で、駅の向こう側には学生需要を狙った低価格帯の飲食店も多く並ぶ。

しかしこちら側は昔ながらの個人商店が軒を連ねていて、どこか雑然とした風情が残っている。

その下町特有の雰囲気が気に入ってこの町に住み始めてから、もうすぐ六年。

部屋に入るなりエアコンをつけ、私は買ってきた惣菜と作り置きのおかずをローテーブルに並べた。

これもスーパーで買った缶チューハイを開けると、プシュッと泡が噴き出た。慌てて口をつける。

「はぁ……美味し……」

仕事終わりのチューハイはひときわ胃にしみる。ひとりでテーブルにつく生活を最高だと言えば嘘になるけれど、不満はない。

チューハイを片手にスマホのＳＮＳアプリを開き、愛らしいペットたちの写真を眺める。毎日欠かせない、癒やしの時間だ。

だけど、どうも今日はうわの空になってしまう。

私はため息を落として鞄を探り、婚活パーティーのフライヤーを取り出した。

きらきらしい文面が躍るフライヤーをぼんやりと眺める。

【極上の出会いが、あなたを待っています！】

きっと年収や肩書きが極上という意味なんだろう。性格さえよければいいと思えるのは十代までかな……と、鼻白みそうになって苦笑した。

この歳にもなると、ピュアな思考からほど遠くなるのが悲しい。

ほかにも、フライヤーにはさまざまな謳い文句が並んでいた。

【参加者は事前審査を通過した会員様のみ！】

【身元のたしかさは保証します。アフターサービスもご安心ください】

ようは選ばれしエリートだけが参加できる、と。

アフターサービスってなんだろう。眼鏡の部品みたいに交換したり、調整してくれたり？　なんてね。いけない、さっきから思考がひねくれてる。

ともあれ私はお呼びじゃなさそう——とそれをテーブルに放ったとき、スマホが着信を知らせた。

『やっと繋がったわ。最近、ぜんぜん電話取ってくれないじゃない』

電話は母からで、思わず顔をしかめてしまう。

長く母子家庭だったのもあってか親子仲は悪くないけれど、母はおしゃべりだ。一度口を開いたら当分止まらない。

今夜も案の定、私の返事もろくに挟ませずに世間話があふれてきた。

『——美織ちゃんったら、二人目を妊娠したんですって。あの子ってばまだ二十四よ？　今は女も二極化してるんですって。早く産むか、時機を逃しておひとり様コースか。ねえ、律もうかうかしているとおひとり様コースになっちゃうわよ？　予定ないの？』

美織は母の再婚相手の連れ子で、すでに結婚して長女をもうけている。

私とは違ってちゃっかりしている彼女が、いわゆるできちゃった結婚をしたときには驚いたものだけれど、今でも可愛い義妹だ。

でも、もう二人目ができたんだ。それに比べて私は……。

「予定って言われても、ないものはないし」

『あのね、悠長なこと言ってる場合じゃないのよ。三十まであと二年よ？　わかってる？　女はけっきょく、タイムリミットを無視できないんだから。いい加減、いい人を見つけてさっさと結婚しなさいね』

お説教の洪水とでもいうべき通話が終わると、私はため息まじりにスマホをテーブルに置き、ぬるくなったチューハイを一気に呷った。

「結婚だけが幸せじゃないでしょ……」

眼鏡店での仕事は、正直にいってやりがいよりもお給料のため。でも、わりと気に入っている。

真面目に働いて、帰宅したらお酒とちょっといいおつまみで晩酌して、動物の写真に癒やしを求める。それだってじゅうぶん幸せ。

だけどときどき……そう、こんなふうに婚活パーティーのフライヤーを見たり、親からせっつかれたりしたとき、無性に息苦しくなってしまう。

このまま一生、会社と自宅を往復する日常が続くだけで、どこにも属せないまま？

結婚どころか恋人もできない私は、人としてきちんとできていない？「おひとり様」は欠陥品？

放ったはずのフライヤーに手が伸びた。

あたかも幸せへのチケットが用意されているかのような煽り文句が、今の私に刺さる。

【出会いはあなたのすぐそこに！】

すぐそこにあったら苦労してない、と自虐めいた感想を抱いた自分にまた苦笑しつつも、その先の文面から目を離せなかった。

【踏み出した一歩先に、新しい幸せが待っています】

「――結城さん、ちょっといい？」

翌日、ランチ休憩を取ろうと一階に下りた私は、弱り切った顔の店長にバックヤードへ手招きされた。

店長は寝癖かと見間違えそうなくせ毛を持つ、四十代後半の男性だ。いい人だけれど気弱で、眼鏡をかけると学生じみた雰囲気になる。

実際、学生アルバイトとよく間違われるのを気にしているようで、よほどのことがないとフロアに出たがらない。

その店長の向かいには、入社二年目の後輩で販売員の仲野さんがうつむいていた。

私と似たようなスーツを着ているのに、髪型もメイクも垢抜けてこなれた印象だ。

定時以降は一秒たりとも残業しないと公言する彼女は、休憩時間にはよくお客様の待ち時間用のファッション誌を事務所に持ちこんで読みふけっている。

若い女性には親しみやすいようで、客受けはいい。一方で仕事に抜けがありがちで、ほかのスタッフから不満を耳にすることもある。

そんなふたりのただならぬ雰囲気をけげんに思いつつ近づくと、店長が一枚の伝票を私の前に差し出した。お直しの伝票だ。

「仲野さんが、お客様への納品日を間違えて記載していたんだ」

星見眼鏡店はアフターサービスが充実しているのがウリで、お直しの注文も多い。

このお客様の場合、希望納期は今日だったのに、記載間違いで先の日付が指定されてしまったとか。

しかも、お直しでは見えかたや使用感を店頭で確認してから引き渡すのが通常の流れだけれど、自宅での受け取りを希望されている。

「今日の午後には必ず納品しなければならないそうで。結城さん、今から納品に行ってもらえないかな?」

弱った顔で助けてと懇願されると断れない。

昔からそう。助けを求められれば、どうにも無視できない。

ただ単に、応じないとあとで罪悪感に悩まされるからだけれど、真由子さんに言わせると「そこが『お人好し』なのよね」ということらしい。

「わかりました、じゃあ仲野さんも一緒に――」

「あ、結城さん。あたし午後休なんで行けません。彼氏が熱を出したらしくって、お見舞いに行かないと可哀想じゃないですか」

「え……」

仕事で失敗したフォローは他人任せで、恋人のところに行くんだ。ううん、それ自体はかまわない。かまわなくないけれど、気持ちはわかる。

でも、人にフォローさせるのを当然かのように振る舞われるのは……なんて、もやもやするのは私の心が狭いだけ？

店長はといえば、午後休ならしかたないよねとうなずいている。

なんだろう、この心になにか重くのしかかる感じは。

「……急ぎで納品と謝罪、あとその場で着用してもらって使用感を確認すればいいですね？　万一のときのために、いくつか代替品を持っていきます」

「助かるよ、こういうとき結城さんは頼りになるね」

現物はまだお直しの工房にあるという。すぐに行ってピックアップしなきゃ。

私はこっそりため息をついた。

しかたない、ランチは後回しだ。


ロッカーに置いていたジャケットを手にして外に出ると、サウナかと思うほどもったりとした空気がまとわりつく。

私は強すぎる日差しに顔をしかめて、駅へと駆け出した――けど。

「えええ――……」

まさかこんな日に限って、電車が遅延だなんてあり得る？

改札口のすぐ向こうの電光掲示板を仰いで、その場にへたりこみそうになった。途中で買った菓子折の入った紙袋をぎゅっと持ち直す。

目的の電車は、途中の区間で踏切内立ち入りがあったとかで緊急停止中らしい。

お客様にはすぐに納品に向かうと店長から連絡済みなので、こんなところで足止めを食っている場合じゃないのに。

迷ったのち改札口を引き返し、私はタクシー乗り場に急いだ。一台だけ停車しているのが見える。助かった……！

ところが駆け寄ろうとした私は、背後から聞こえる子どもの声に足を止めた。

「ママが遅いから取られちゃったんじゃんー」

ふり返ると、五歳くらいの男の子が母親だろう女性の手をぐいぐいと引っ張って近づいてくる。

女性は私と同年代くらいで、大きく膨らんだお腹をさすり肩で息をしている。この暑い中、歩くのもやっとという感じだ。

私は左右を見回した。

タクシーはこれ一台きり。ほかに来る様子もない……あぁあ。私はタクシーからあとずさる。

「………あのっ、どうぞ。乗ってください」

やってきた親子に声をかけると、女性が目を丸くした。

「外は暑いですし、早く乗ってください。熱中症になったら大変ですし」

「はやくー、ママぴょーいん！」

男の子が「やったー」と歓声をあげてタクシーに乗りこむ。女性はしばらくためらう様子だったけれど、子どもに急かされると頭を下げてタクシーに乗った。

あれ、お腹に手を当てる姿が苦しそう……？

「……あの、あとこれ持っててください！」

私は思いついて、あるものを鞄から取り出す。勢い余って一度落としてしまったのは、金糸で刺繍されたクリーム色の御守。

瞬間、頭をよぎった未練をふり切って拾いあげ、私はそれを妊婦の手に握らせた。

「合格御守って書いてありますけど、これ最強なんですよ。私もこれのおかげで助かったんです。きっとお母さんと赤ちゃんも守ってくれます！　だから……元気な赤ちゃんを産んでくださいね」

無事に母子が乗ったタクシーが走りだすのを見送り、私はようやくほっと息をついた。

って、そんな場合じゃない。

あらためて周囲を見回すも、タクシーが来る気配はない。

お詫びにうかがうというのに遅刻なんてしたら目も当てられない。せめて配車アプリを入れておけばよかった！

こうなったら地下鉄の駅を目指しつつ、タクシー会社に電話して——。

「律」

足が、止まった。

低く、すうっと胸の奥に染みこんでくる声。

うなじの毛がかすかに震える。

この声は、そっけないようで実はとことん優しい彼の——。

そう思ったときにはもう、胸が切ない音を鳴らしていた。

「……拓巳」

皺ひとつないシャツにセンスのよい紺ネクタイ、そして質のよさがうかがえるグレーのスラックスを着こなしてそこにいたのは、私の幼馴染み——久我拓巳だ。

心臓が小さく跳ねる。

ひとつ上の幼馴染みで……高校生のころ付き合っていた、元カレ。

昔よりさらに背が伸びて、肩の厚みも増した。

十代のころにあった尖った雰囲気はなりをひそめ、大人の男性らしい落ち着きが備わっている。

拓巳は懐かしそうに切れ長の目をしばたたかせてから、笑みを深めた。

「やっぱり律だ。こんなところで会うなんて奇遇だな」

「……う、ん」

何年ぶりかの再会なのに、言葉が見つからない。

言いたいことは山ほどあるように思う。同時に今となってはもう、なにも彼に言うべきことはない気もする。

ただ狼狽と混乱、困惑がまざって喉の奥につっかえる。

「あ、えっと……」

「ああ、悪い。仕事中だよな」

拓巳が、私のライトグレーのスーツ姿に目を走らせる。その言葉で、私もようやくわれに返った。

「そ、そう。急ぎでお客様のところに行かなくちゃならなくて。でも電車は遅延してるし、タクシーは捕まらないしで、ほんとやんなっちゃう」

つい早口になる自分のダメさ加減に呆れつつも、止まらない。

思わぬ再会に対する動揺と、なんとか間を持たせようという謎の焦りと、そんなことより仕事に戻らなきゃという義務感で、頭の中がぐちゃぐちゃだ。

「えっと、じゃあ、わたし地下鉄のほうに行くからこれで――」

「急ぐなら乗ってけよ。車、置いてるから」

拓巳が視線で路肩を指し、私は仰天した。停められていたのは、派手すぎず落ち着きすぎない、絶妙に洒脱な濃紺のセダン。

海外メーカーのエンブレムは、さらに言えばいわゆる高級ライン限定のものだ。佇まいも洗練されている。

でもよく考えれば、拓巳が車を運転するのも、その車が庶民には手の届くものではない高級車なのも、驚くことではないのかもしれない。

拓巳も私も、もう子どもじゃない。

まして拓巳は久我家の御曹司なんだから。

「場所どこ？　ナビ入力して」

言いながら、拓巳は私がついてくるのを疑う様子もなく歩きだす。

私はとっさに「でも！」と拓巳を呼び止めた。

「や、いいよ、拓巳だって仕事中だよね？」

「俺は調整可能」

「だけど」

「ここ駐車禁止だから、そろそろ動かさねぇとまずい。早く」

手首をつかまれ、私は上げかけた声をのみこんだ。

ぶっきらぼうな口調、少し強引な仕草。

それでいてたしかな優しさも汲み取ってしまう。意思とは関係なしに胸がきゅうっと締めつけられる。

――どうかこの動揺が、拓巳には伝わっていませんように……っ。

別れて十年も経てば冷静でいられると思ったのに、情けない。

拓巳に手を引かれて車に向かうあいだ、私はともすれば暴れだしそうになる鼓動を抑えるのに必死だった。

拓巳がハンドルを握る車は、都会の喧噪はどこへ行ったのかと思うような閑静な住宅街の一角に停まった。

車がかろうじてすれ違える程度の道幅の両側には、立派な門構えの家が並んでいる。

警備上の理由なのか、表札のない家ばかりだ。道しるべになる建物も見当たらない。

――けっきょく、口を開くきっかけも見つけられなかったな。

拓巳はたしか、ホテル業とブライダル業を広く展開する『久我リゾート』グループの社長息子で、グループ傘下の企業である『久我フルール』の副社長だったと思う。

別れてから一度だけ、気になって調べたことがある。

二十代で副社長なんてずいぶん若いと思ったけれど、業界の性質上そう珍しいことでもないらしい。それに業界紙を読む限り、有能だからこその出世のようだった。

華々しい肩書きを持つ彼との久々の再会。本来なら、お互いの近況報告に花を咲かせていたはず。だというのに、それがひどく難しかった。

口を開こうとするたび、十年前に告げられた言葉が脳内に再生される。

近況を尋ねる言葉は喉につっかえて声にならなかった。

「『目的地周辺です』ってことは、この辺りか。一軒ずつ当たるか？」

物思いにふけっていた私は、拓巳の言葉にはっとした。

「いいっ。大丈夫。あとは私、歩いて探すから」

「つっても、家と家の距離、けっこう遠くね？　律の足じゃ、すぐへばりそ」

「そ、そんなことないって。ここ一方通行（いっつう）の場所もあるし、車だとかえってやりにくいだろうから。ほんとうにここで大丈夫。すごく助かっ……えっ、あれっ？」

シートベルトが外れない。え、うそ、なんで。高級車って、シートベルトの外しかたも違うの？

焦ってシートベルトを強く引っ張る私に、隣から手が伸びた。

「急に引っ張っただろ。ロックかかってる」

「え、あ」

あのころとは違う、たくましさを増した体が近づいてくる。無意識に息をのんだ。

昔は毎日のように隣で感じていた香りが懐かしく鼻をかすめて、肩が小さく跳ねる。

拓巳がゆっくりと私の席のシートベルトを引く。さっき私があれだけ強く引っ張っても外れなかったシートベルトは、あっさりと外れた。

「ロックかかったときは、ゆっくり引けば解除できる」

「そ、そうなんだ。っ、ありがと……客先いってくる」

「ん。あのさ、律――」

「拓巳も仕事中なのにごめんね、ありがと。じゃあ」

なにか言いかけた拓巳に被せるふうにしてお礼を言い、車を降りる。熱射の中、ドアを閉める音が硬い響きをともなって耳に届く。

逃げるように駆け出すと、やがて背後で車の発進音がした。

そのエンジン音が完全に聞こえなくなってから、私はさっき車を降りた辺りをふり返った。

もうそこに、拓巳はいないとわかっていたけれど。


店に戻るころにはシャツの下は汗だくだった。

久しぶりにパンプスで走ったせいか、靴擦れした気もするし。

胸の奥に沈めたはずの古傷も疼く。

無事、お客様への謝罪と納品をすませたと報告すると、店長はほっとしていた。

「結城さんがいてくれて助かったよ……」

「今日の経費は請求しますからね」

「もちろんだよ。残業代もつけてね。でね、仲野さんのことだけど……結城さん、ちょっと指導してくれないかな」

「指導？　ですか」

「うん。今日のミスのこともだけど、普段の態度とかね」

「でも私、販売員じゃないですよ」

「そこはほら、ふたり歳も近いし。独身で立場も近いでしょ。彼女、販売員のあいだでも浮いてるし、正直いって僕もあの子はちょっと……結城さんのほうがうまく指導できると思うんだよね。よろしく頼むよ」

指導といっても、仲野さんと業務が被らない私になにができるんだろう。店長の元を辞すと、ため息が漏れた。

ともあれ、今日のところは本人も帰ってしまったことだし、まずは自分の仕事をやらないと。

普段、向かうのはもっぱらパソコンの画面だ。主な業務は、経費処理に在庫や仕入れ管理など。

星見眼鏡店は、高級繁華街の表通りという抜群の立地にある。

個人経営ゆえに売り場面積は広くないが、輸入品も含めた豊富な品揃えや、ひとりひとりに合わせた細やかな提案も評判で、そこそこ繁盛している。

そんなわけで、私の業務も山積みだけど……こんなときこそアレの出番。

私は二階の事務所に戻ると、給湯室の共有冷蔵庫から輸入チョコレートを取り出した。

キャンディーのようなカラフルな包装を剝いて、ひと粒口に放りこむ。今日を頑張ったささやかなご褒美かつ、自分を鼓舞するために。

「って、『おひとりさま』の機嫌の取りかたがうまくなってる気が……」

——いいじゃない、それで。

そう思う一方で、ちょっとした敗北感を覚えるから厄介だ。今ごろ仲野さんは、恋人と一緒に過ごしているんだろうな。

ふと、なぜか拓巳の顔が頭に浮かんだ。

拓巳はただただ、眩しかった。

質のいいスーツをぱりっと着こなして、立ち居振る舞いには自信と余裕があった。車を運転する姿もサマになっていた。

再会でみっともなく動揺していたのは、私だけ。

「フったほうにとっては、元カノなんて過去の人だよね」

私はそそくさと自席に戻り、パソコンの起動を待つあいだにスマホを開く。

婚活パーティーの申し込み画面が目に飛びこんでくる。昨日フライヤーに記載されたQRコードを読みこんだところで、手が止まったんだっけ。

『いつまでも過去の恋を引きずっていたって、いいことはないわ』

真由子さんの声が耳を揺らす。私は「ですよね」とその声にうなずいて参加申し込みをすませると、チャットアプリで真由子さんにも伝えた。

うん、これでいい。

いい加減、古傷なんか意識してる場合じゃない。

仲野さんの一件はあったものの、ほかには大きなトラブルもなく週末がやってきた。一度、店長がお客様から私的な連絡先を預かるという出来事があったようだけれど、意外にも仲野さんが引き受けてくれたとかで、突発的な業務が発生することもなく。

私は高級クルーズ船に乗りこむタラップの上で、週末の午後を迎えていた。

あいにく爽やかとはほど遠い七月のベタついた風が、潮の匂いを運んでくる。

綿あめのような雲が、ときおり頭上を流れていく。視線を地平のほうに向ければ、空よりも深い青の海が太陽の光を映してきらきらと輝く。

乗りこむべく見あげたクルーズ船は、そんな多彩な青に映える白が眩しくも気品のある姿をさらしていた。

今日はこのクルーズ船を借り切って、婚活パーティーが行われるらしい。

係員にうながされるままデッキから船内に入ると、目をみはってしまう。

船としては小型船に分類されると思うのだけれど、私の人生で唯一経験した、修学旅行の沖縄で乗った船とはまるで違う。

船内に一歩足を踏み入れれば、二層吹き抜けのロビーが広がっていた。

バトラーだという係員に案内され、高級ホテルの内装と見紛うソファの一つに腰かける。

チェックイン手続きは、ウェルカムドリンクを飲みながらゆったりと。

「こちらがクルーズカードになります。恐れ入りますが、乗船中は必ず携行をお願いいたします。パーティーが始まるまでは自由時間となっております。どうぞ自由にご利用くださいませ」

船内ではこの乗船証が身分証明でありクレジットカードの代わりにもなるらしい。といっても、今回は参加費を支払い済みなので、船内で決済する機会はなさそう。

受け取った乗船証をしげしげと眺めるあいだも、バトラーの説明は続く。

プールのある屋外デッキや、一面ガラス張りの窓から海が望めるダイニングレストランにバー、ラウンジなど、まるで動くホテルのようでそわそわする。

参加条件が厳しいと聞いていたけれど、さすが「極上の出会い」を謳うだけあってゴージャスだ。

周りに目を向けると、私と同様にドレスアップした女性客が興奮もあらわに喋るのが聞こえてきた。

「さっき外にいた人、見た? 今日のメンズ、レベル高い〜〜〜! けどその中でも断トツでイケメンじゃん。私あの人狙う」

「見た見た、国宝級イケメンアンケートに一般部門があったら、ぜったい投票するレベルだよね！　でも争奪戦を覚悟しなきゃならなそうだし、私は遠慮するなー。手堅く確実な相手を探す」

イケメンアンケートって、さる女性誌に毎年掲載される特集のことかな。と、聞き耳を立てていた私ははっとした。

そうだった、ぼんやりしている場合じゃない。今日の目的は、新しい出会いを見つけること。

手続きも終わったので、私は船内を見て回ることにした。

右を向いても左を向いても、女性陣はおしゃれに気合いが入っている。私ももっと華やかにすればよかった。

数年前に友人の結婚パーティーで着たきりだった黒のワンピースは、明るい色のワンピースをまとった女性の中ではひどく地味に映る。

パールのひと粒ピアスにゴールドのネックレスだなんて、いかにも冠婚葬祭って感じだし……って、深く考えないようにしよう。考えこむとドツボにハマる。

「まあ、ね。背伸びしたって美人になれるわけでもないしね」

「なにが背伸びなんだ？」

「いえ、着飾ったところで元が知れてるなって……んっ⁉」

デッキに出ようとした私は、背後からかけられた声に勢いよくふり向き、言葉を失った。

「俺は今日のおまえ、綺麗だと思うけど。……ぶ、すげぇ顔」

拓巳だった。グレーのスリーピーススーツのジャケットを腕にかけ、シャツを肘までまくっている。

その出で立ちもさることながら、モデルや俳優も顔負けのととのった顔立ちで「綺麗」だなんて口にする破壊力といったら。

これはまず間違いなく、ロビーで国宝級だと騒がれていた男性は拓巳だろうけど……。

「え、なんで……拓巳がこんなところに⁉」

「それ、おまえが言う？　つぅかここ暑いな」

混乱する私の前で、拓巳が空を見あげて顔をしかめる。

「下のバー行こうぜ」

拓巳は私の返事も聞かずに踵を返した。

しかたなく私もその背中に続く。すれ違う女性客が、モデル並の容姿をした拓巳に小さな歓声を上げる。

手すりの透かし彫りが優美な螺旋階段を下り、海が見えるバーに入る。

ロイヤルブルーの絨毯を敷いた床には、シャンデリアの光がこぼれ落ちている。調度品は純白で揃えられており、絨毯とのコントラストがうつくしい。

テーブル席を見渡せば、すでに何組か男女のペアができあがっていた。パーティーが始まる前から、婚活は始まっているようだ。

私たちは海が見えるカウンター席に腰を下ろした。

――なんで今になって何度も顔を合わせることになっちゃうの……⁉

右隣、拓巳が座ったほうに視線を向けられない。そのくせ右半身全体で拓巳を意識してしまって、そちら側だけ体温がじわりと上がっていく。

拓巳はただの幼馴染みだと頭の中で繰り返し念じつつも、会話の糸口を探しあぐねてしまう。

運ばれてきたシャンパンで乾杯したあと、沈黙を破ったのは拓巳だった。

「この前、おまえ無事客んとこ行けた？」

「……あ、うん。おかげさまで。あのときはありがと。すごい偶然でびっくりしたけど」

「だな、あれは俺も驚いたわ。おまえ、こっち出てきてたんだな」

私たちの地元は日本海に面した北陸にある。冬の厳しさに閉口する反面、雪に覆われた景色は幻想的ですらあって、毎年雪吊りの準備が始まると妙にそわそわしたものだっけ。

拓巳の家は市内で大きなホテルを経営していて、母はそこの従業員だった。

小学生のころは、夏休みになるとホテルによく遊びにいった。

仕事の邪魔にならないよう、もっぱら従業員用の別棟で母の仕事が終わるのを待っていたっけ。

拓巳と知り合ったのも、そのとき。

それから拓巳とはいくつもの季節を共有して……上京したのは、ちょうど高三になる春だった。そのときにはもう、拓巳とは別れていた。

「お母さんの再婚に合わせて、ついてきたの。苗字も大崎から結城に変わって」

「絵里さんにおめでとうと伝えといて。つぅか、新しい姓を知ってればな……」

「なにが？」

「いや、おまえと連絡取れなかったから」

拓巳は、私の電話番号が変わったのは親の再婚のごたごたが原因だと思ったらしい。

実際は、拓巳を忘れるために思いきって変えたんだけど。

「苗字がわかったって、連絡が取れるとは限らないでしょう？」

「……まあな」

と、拓巳が私の前に手のひらを出した。

「ん」

「なに？」

「スマホ」

首をかしげつつ、私はビーズ刺繍が施されたミニバッグからスマホを取り出す。

拓巳は横からそれを素早く取りあげると、私の顔認証でロックを外して器用に操作した。

「え、ちょっ、なにしてるのっ？」

私がうろたえるそばから、拓巳のシャツの胸ポケットでスマホが震える。拓巳はそれを確認すると、私にスマホを戻した。

「それ、俺の番号な。あらためて入れといたから」

手元に戻ってきたスマホには、登録外の番号に発信した履歴が表示されている。

一度は消したはずの拓巳の番号。

口元が歪んだ。

「律って昔と変わってないのな。押しに弱いっつうか、流されやすいっつうか」

「うるさいな、貶（けな）さないでよ」

「貶してない、褒めてる」

拓巳は拳を口元に当ててるけれど、笑いをこらえきれていない。思わずむっとした。

「どこが？」

「そんだけ相手の気持ちを優先させてるってことだろ。律は優しいんだよ」

「……っ」

じわりと頬が熱くなっていく。

——こんなふうにストレートな言葉を向けてくれる人だった？

やわらかくなった視線にも耐えきれず、私は拓巳から目を逸らした。

「や、優しくないから。相手が拓巳だから、気を抜いてただけ。誰にでもスマホ渡すわけじゃないし」

「は……」

拓巳がこれまでこらえていた反動かのように、深々と息を吐き出した。

「おまえのそういうとこ、エグい」

「なんの話?」

「まあいいわ。そういや、気ぃ抜いてたで思い出した。おまえの夏休みの宿題を見てやったときもそうだったわ。俺に泣きついておいて、ひとりで勝手に居眠りしてさ」

「ちょっと……こんなところで、小学生のときの話なんか持ち出す?」

「懐かしいよな」

拓巳が遠くを見る目で小さく笑う。

その目にはなにが映っているんだろう。私と付き合ったころの思い出も、少しでいいから映っていればいいのに。

その日々が、少しでも笑って懐かしめるものであればいいのに。

——なんて、そんなわけないよね。

拓巳にとって、あの日々は汚点でしかないはず。

「それで、おまえは?　ここにいるってことはフリーなわけ」

「そりゃあね、もう私も二十八だし？　周りは結婚どころか子どもまでできてるし？　将来のこと考えると、私もそろそろなんとかしないとなって」

弁解なんかしなくていいのに、やけに焦った口調になってしまう。

「ふぅん。将来か」

「ここにいるってことは、拓巳もそうなんでしょ？　あ、そうだひろくんは？　一緒なの？　元気？」

博巳くんは、拓巳の双子の兄でもうひとりの幼馴染みだ。拓巳とそっくりなイケメンだから、この場にいればきっとひろくんも大いに注目を集めただろう。

「いや、……」

「あ、ひょっとして、もう結婚した？　ふたりとも二十九だもんね、しててもおかしくないか」

「博は離婚したところ」

「えっ……そうなんだ」

なんか、ごめん。と言いかけて、それも変かなと思ってやめた。

十年も会わずにいれば、さまざまな変化がある。それを寂しく思うのは、私の心がまだ十年前に置き去りにされているからかもしれない。

「博のこと、気になる？」

「え？　うん、もちろん。幸せになってほしいし、落ちこんでるなら元気づけたいじゃない？　景気づけに飲みにいくくらいしか思いつかないけど」

「ふぅん」

このそっけなさも懐かしいけれど。

こうして思い出話をしても、拓巳の口からは一度も付き合っていたころの話は出ない。私も出せない。きっと、お互いにその話を注意深く避けている。

『──おまえとだけは、無理だったわ』

別れたときの拓巳の声が鮮やかによみがえって、私は顔をしかめた。

もう引きずりたくなくてパーティーに参加したのに、まさかその会場で再会するなんて。なんの因果なんだろう。

話を切り上げよう、この辺りが潮時だ。

「パーティー、そろそろだよね。お互い、いい人が見つかるといいね。じゃ」

私はシャンパンをひと息に飲み干して席を立った──けど。

「待てよ」

ふり向いた拓巳に腕を引かれ、その場でたたらを踏んだ。

「ちょっ、なに？」

「結婚したいんなら、俺と結婚しろよ」

「…………は？　え？」

頭が真っ白になった。それ以上、言葉が出ない。

「相手、探してんだろ」

「だっ、だからってなんで、私が拓巳と⁉」

「俺も相手、探してんだよ」

手を引こうとするのに、拓巳の腕はびくともしない。

拓巳につかまれた手がじわじわと熱を帯びていく。だけどその一方で、怒りとも痛みともつかないものが湧きあがってきた。

「……やめてよ、今さら。昔をなかったことになんて、できない」

押し殺した声に初めて拓巳の目が揺れたけれど、私はかまわず続けた。

「私のこと『無理』って判定を下したのは、そっちじゃない。なのに『相手を探してる』から、私でもいいか、って？　そんな理由で結婚なんて、考えられない」

「律」

「手、離して。そんなたちの悪い冗談、聞きたくないっ……！」

たった二文字。「無理」という拒絶は、今も私の心臓に突き刺さっている。だけど、そ

れがすべてじゃない。

——拒絶自体がつらかったのも事実だけれど……。

言葉数は少なくても常に優しかった拓巳に、無理だと思わせてしまった。言わせてしまった。

そんな自分が嫌で、自信が持てなかった。……今も。

こんな状態のまま拓巳と結婚なんかしても、みじめな気持ちが助長されるだけ……。

唇を震わせていると、私の腕をつかむ手に力がこめられる。なにかを訴えるような、まなざし。

だけど、すぐに解放された。

——離してと訴えたくせに、離れていく手を寂しく思うなんて。

私は逃げるように踵を返した。握りこまれた手の思いがけない強さにどんな意味があるかなんて、考える余裕もなく。


けれどその後も、新しい出会いや船内パーティーを楽しむどころではなかった。

歓談タイムではせっかく出会った男性と自己紹介もままならないうちに拓巳に割りこまれ、男性がそそくさと去っていく。

ペアを組んで挑むダーツ大会の余興でも、気づけば拓巳と組まされてほかの男性と話す機会すら与えられない。

そのうち男性陣も別の女性とペアを成立させて、私のところには来なくなってしまった。

拓巳は拓巳で、近寄ってくる女性をすげなくあしらう。必然的に、女性の恨みがましい視線は私が浴びることになり。

「これじゃなにをしに来たんだかわからない！」

「いいだろ、俺がいるんだし」

「なにもよくない。邪魔しないでよ」

すっかり男性陣の興味の対象外とされた腹いせで、私は隣の拓巳をにらんだ。

クルーに頼んで、ワゴンに並んだ料理の数々からデザートを取り分けてもらう。

立食パーティーなので、こうなったらたくさん食べてやる。

「拓巳だって、私がいたんじゃ出会いがつかめないでしょ。あっち行きなよ」

「いや、もう俺らペア扱いされてるっぽいし」

「そんな」

私は焦ってデザートの載った皿を手に会場を見渡した。

あちらこちらで、男女のペアが出来上がっている。たまにそのペアに割りこむ猛者もいるけれど、すぐにまた元のペアに戻っていた。

そして私たちのところに来てくれる男性は皆無で……。

「はあ……せっかく真由子さんの紹介だったのに」

壁際に下がって、デザートのケーキにフォークを入れる。と、横から拓巳の手が伸びてきて、チョコレートケーキに飾られたさくらんぼの洋酒漬けをつまんだ。

「だから、俺にしろって言っただろ」

「しないって！　そのさくらんぼ、私の」

「即答すんなよ。……これ旨いな」

拓巳はそ知らぬ顔でさくらんぼをつまんで咀嚼する。私は憤然とそっぽを向いた。

「さっきも言ったよね？　付き合って、お互いナシって分かったじゃない。ふざけないで」

ああもうやだ。傷を抉らないでほしい。

心をかき乱されたくない。

もういい大人で社会人。高校生のころの恋人のひと言なんかに引きずられたままなんて、あるわけないのに。

「ふざけたつもりねぇよ。けどそんなに嫌なら、ひとまず保留にする」

「保留じゃなくて取り下げてよ。でもわかってくれたなら……私もひとまずいいってことにする」

拓巳が私の皿を引き寄せ、さくらんぼの種を吐き出す。距離が近い。

そんな砕けた仕草、パーティーでは見せないほうがいいだろうにと思っていると、拓巳が上目遣いに私を見た。

「なあ、律。連絡はしてもいいか」

「えっ」

「連絡したい」

嫌だと言おうとしたのに喉元でつっかえた。

なぜなのか、自分で自分がわからない。言いよどんでいると、甘ったるい女性の声が割りこんだ。

「すみませーん。私もお話ししていいですか？　実は船に乗ったときから久我さんのこと気になってて――」

私はこっそり胸を撫でおろして、そつなく対応する拓巳からさりげなく離れる。

直前、咎めるような、それでいて切実に訴えるような目とぶつかって、私は気圧されて渋々うなずいた。

拓巳が、そのとたん目元をやわらかくして笑った。

「――なにが『連絡したい』よ。そう言ってたわりに、連絡してこないじゃない」

うんともすんとも言わないスマホをベッドに放り投げ、私はTシャツにジャージのハーフパンツという色気のない姿で仰向けに寝転がる。

あのパーティーから一週間。

連絡したい、という拓巳の言葉にしかたなくうなずいた私は、これまたしかたなく（あくまでも渋々、だ）スマホの発信履歴に残った彼の番号を、連絡先に追加した。

けれど、あれから連絡がくる気配はない。

「……あんな口先だけの言葉に、うなずくんじゃなかった」

パーティーではあのあと、拓巳の元に次から次へと女性が押しかけていた。

拓巳も結婚相手を探していたんだから、うまくいきそうな女性が現れたなら、そっちに注力するのは当然だけど。

ひょっとすると、そのうちのひとりと次へ繋がったのかも……。

一方の私はといえば、残念ながら収穫はなかった。

拓巳に張りつかれた時間が長かったせいで、フリーになったときにはすでに狩りの対象から外れた様子。

けっきょく、私同様にあぶれたらしい人と、当たり障りのない雑談をするだけで終わってしまった。

思い返していたら、だんだんむかむかしてきた。

拓巳に婚活を邪魔された上、本人はちゃっかり相手を見つけているなんて。

——でもまあ、私には関係ないよね。

とっくに「終わった」身としては、気にしたところでどうにもならないわけで。

やりきれない気分でため息をついたとき、スマホが振動する。私ははっとしてスマホに飛びついた。

『ちょっと、聞いたわよ、律！』

母だった。もしかしてと思ってしまった自分の頭をはたきたい。

微妙な気分になる私を置いて、母は電話口の向こうでマシンガントークを繰り広げる。

『あんたいつのまに拓巳くんとそういうことになってたわけ？　お母さん、久我社長からお電話いただいてしゃっくりが出そうになったわよ。それにしても、久我社長も今は、久我リゾートグループ全体の代表取締役社長でしょ？　すごいわよねえ、昔はホテル一軒だけだったのに、いつのまに——』

私はベッドの上に正座して、話をぶった斬った。

「お母さん！　で、拓巳がどうしたの？」

『どうしたの、じゃないわよ律！　久我社長から、あんたを拓巳くんの嫁にほしいって言われたのよ!?　これが驚かずにいられる？　あんた、拓巳くんとよりを戻してたのねえ。フラれたとき、ずいぶん落ちこんでたから心配してたけど、よかったわねえ』

え、なんの話……？

母の話が耳の上を滑っていく。

『お母さんは大賛成よ。久我さんたちには、お母さんもあんたもずいぶんお世話になったものねえ。久我さんたちがいなかったら、お母さん女手ひとつであんたを育てられなかったわよ。だからどうぞどうぞもらってくださいって、お答えしておいたわよ！』

「ちょっと、ほんとうになんの話をしてるの……!?」

『あんたたちの結婚話に決まってるじゃない！　ほんと、あんたったら拓巳くんと別れてから浮いた話がひとつもなくて、お母さん心配してたのよ。でも拓巳くんならなんにも心配しなくてすむわ』

食事会とやらの日程と場所を告げられたけれど、ますます混乱してしまう。ぜんぜんついていけない。

『じゃ、ちゃんとしたお祝いは顔合わせのときにね』

「待っ」

『やっとあんたの孫も見られるのよね。お母さん、この日をどれだけ待ってたか……！おめでとう』

「や、だから待ってお母さん、勘違い——」

——ブツッ。

唐突に通話が切れ、私は呆然とスマホを見おろした。

なに、私って結婚するの？

誰と？　えっ、拓巳と？　顔合わせって……なんで⁉

私はスマホを引っつかんだ。とにかく拓巳に連絡しないと。


電話は繋がらなかった。

私はひとまず留守電にメッセージを残して電話を切る。こんな形で拓巳に連絡を入れることになるなんて、思いもしなかったけれど。

折り返しの電話は、それからほどなくしてかかってきた。

またしてもベッドの上で正座する。私は挨拶の余裕もなく切りだした。

「拓巳のお父さん、拓巳の結婚相手を誰かと間違えてるんじゃない？　うちのお母さんに電話があったみたい。拓巳から訂正してよ」

『間違いじゃない。親に話して絵里さんに繋いでもらった。おまえに話しても、取り合わなかっただろ』

「なに言って……ふざけたのはそっちじゃない。取り下げてって言ったでしょ？」

『あのときは保留にしただけだ。俺はあのときも今も、一度もふざけてねぇよ』

電話越しだというのに、その気勢にたじろいだ。真剣な様子が声からも伝わってくる。

——だからよけいにわからない……っ。

とにかくなにか言わなくちゃと「でも」と言いかけるけれど、言葉が続かない。

船上で、はっきりと断ったはず。

それでも、一度無理だと結論づけた相手と結婚しようとするなんて、よほどの事情があるとしか考えられない。

『電話じゃなんだから、話は顔合わせのときに聞く』

「顔合わせのときじゃ遅いってば！　明日にでも、ちゃんと話したいんだけど」

『悪い。俺、明日から出張だわ。北海道』

「ちょっ、じゃあひろくんは？　こうなったら、ひろくんから久我さんに言ってもらう。私たちにはなにもないって」

『博は今、久我リゾートのハワイ支社に赴任中だから。顔合わせの日も戻らない』

唐突に、拓巳の声が冷ややかなものに切り替わった。なにが気に障ったんだろう。思い当たるところが見つからなくて戸惑う。

「でも、このままじゃ困る！」

『結婚の話は別としても、せっかくだからうちの親にも会ってやってくれよ。親父も絵里さんに会いたがってたし。再婚のことは報告を受けてたらしいけど、絵里さんがうちを辞めてからも気にしてたから』

「それは……」

母がホテルで働いていたころ、拓巳のお父さん——社長には母子共にとてもよくしてもらった。母のシフトも私のために融通してくれ、私がホテルの従業員向けエリアに入るのを快く許可してくれたりもした。ときには差し入れもしてくれた。

今の私たち母子があるのは、あの社長あってこそ。

そんな社長を引き合いに出されると弱い。

私はとうとう「わかった」としか言えないまま、顔合わせの日を迎えることになった。


七月終わりの日曜日は、ただ立っているだけで汗が噴きだすほどの酷暑だった。日陰を作る気のなさそうな晴天具合が恨めしい。

湿気が肌に絡みつく。胸までの長さで下ろした髪は、念入りにセットしたのにもかかわらずごわついていた。

これが順当なお付き合いなら、結婚が決まって両家顔合わせともなれば心が浮き立つんだろう。

けれどただでさえ低かったテンションは、髪型が決まらないせいでさらに下降気味だ。

久我家と結城家の顔合わせ場所は、久我リゾートが買収したという老舗ホテル。ホテルの顔ともいえる立派な日本庭園は、そこだけを目当てに訪れる客も多いと聞く。

予約時間ちょうどに指定された中華レストランへ足を踏み入れた私は、唖然とした。

個室は金地に縁起物が描かれた絢爛豪華な壁に囲まれており、一見して慶事用の部屋だとわかる。この日のためにわざわざ選んだのに違いない。

中央にしつらえられた黒塗りの円卓には、すでに私以外の全員が顔を揃えていた。

拓巳のご両親に私の母、結城の義父にお腹の大きな義妹と夫、そしてそのふたりのまだ幼い子ども。

ひろくんがいないのは事前に聞いたとおりとして、美織の家族まで来ているなんて。

「っていうか、なんですでに始まってるの……」

円卓の上には見目鮮やかな料理の数々が並び、酔っ払った大人たちの手によって回転卓がくるくると回っている。いかにも和やかな宴の最中という様子だ。

拓巳のお父さんと結城の義父にいたっては、ふたり仲良く紹興酒を酌み交わしている。

ちょっとこれ、なんなの……！

「律！　やっと来たわね」

こめかみを引きつらせて円卓に座る面々を見回すと、母がうっすら上気した顔で私を拓巳の隣に座らせる。

私の反対隣に座り直した母の目は潤んでいた。

「ほーんと、おめでとうねえ。ほんとうに、こんなにおめでたいことが起きるなんて社長……じゃなかった久我さんに感謝していたところなのよ。拓巳くん、律をどうぞよろしくねえ」

「お母さん、待って」

「はい、律さんを生涯大切にします」

「ちょっと拓巳！」

制止しようと声を上げた私に、今度は拓巳のお父さんが声を被せる。こちらも紹興酒の杯を片手に、たいそう上機嫌だ。

「いや、ほんとうにめでたいよ。これはうちの事情で申し訳ないんだが、久我リゾートはホテル事業とブライダル事業というふたつの屋台骨で支えられているだろう。そのトップである私の長男が四年弱で離婚とあっては、ブランドイメージの低下が免れなくてね。拓巳のおかげで久我リゾートとしてもマイナスイメージを払拭できそうだ。助かったよ」

拓巳のお父さんは、一代で久我リゾートを現在の形にした立役者だ。

元は地方の一ホテルに過ぎなかった久我ホテルの経営手腕を生かして、評判はよいものの経営難で存続が危ぶまれていた国内のホテルを次々に買い上げた。現在では国内有数の好立地に、高級ホテルを八カ所展開している。

さらには、もともとホテルの一部門だったブライダル事業をグループの一企業として独立させ、こちらも全国展開した。相当のやり手だ。

ひろくんと拓巳は、それぞれ「久我リゾート」および「久我フルール」の執行役員。いずれトップに就き、グループを牽引するんだろう。

「うん、ありがとうねえ。ほんとうにこの子は、私が働きづめでも文句のひとつも言わずに頑張ってくれて……律だったからここまでこれたのよ。ねえ、拓巳くん。ほんとうによろしくね。大事にしてやってね。いい子だから。ねえ、お願いね」

すっかりできあがった様子の母は、私が止めるまもなくぽろぽろと泣きだした。

なにひとつ事実じゃないのに、感動シーンめいた雰囲気を演出されても……！

「俺こそ、大切なお嬢さんを託してくださってありがとうございます。俺が全力で、律さんを幸せにします」

私は抗議の意味をこめて、拓巳の脇腹を肘で突いた。

拓巳が私を見つめる。どきっとした。

ねえ待って。なんでそんな……切なそうな目で見るの？

「ちょっと、拓巳と話してくる！」

うっかり鼓動が跳ねた自分を叱りつけると、私は拓巳の手を強引に引いてレストランを出た。

エレベーターで一階まで下り、ラウンジ横から見事な日本庭園に出る。

とたんに、青々とした紅葉(もみじ)の木が目に一服の涼を運んでくる。

つややかな黒い石で縁を囲った広い池では、錦鯉が悠々と泳いでいた。なんの悩みもなさそうな姿が羨ましい。

散策用の渡り橋に差しかかったところで、私はとうとうこらえきれず足を止めた。

「話、聞くって言ってくれたよね？　なのに私は置いてけぼり？　ちゃんと説明してよ」

「説明、か」

スラックスのポケットに両手を入れた拓巳が、空を仰いでから私の横に並んだ。

「なあ、律。ほんとうにダメか？」

「え」

「俺との結婚。ダメか？　あり得ないか？」

目を逸らすのも許されないほど、強いまなざしだった。

高校生のころのあどけなさはどこにも見られない。

「ダメなら、引き下がる。でも少しでも可能性があるなら、逃げてねぇで考えてくれよ」

「逃げてなんか……！　だってこんなの、順序をすっ飛ばしてるじゃない」

私たちは、再会してからまだろくに話もしていない。

「結婚の前にはその……付き合ったりとか、色々あるでしょ？」

「婚活パーティーに出ておいて、それを言うか？　あれも出会ってすぐ、結婚に向かうもんだろ」

ぐっとつまった。拓巳の言葉を否定できない。だんだんわからなくなってきた。

私はなにをここまでこだわってるんだっけ。

「俺ら、一緒に過ごした時間ならじゅうぶんあっただろ。そんで今はふたりともフリーで、お互いをよく知ってる。順序ならもうじゅうぶん踏んだ。そしておまえも俺も結婚したい」

婚活パーティーに出ていたくらいだから、と拓巳がつけ加える。

「俺は、おまえがいい。おまえさえ、可能性があるなら……マジで考えてくれ」

切なそうな目で見つめられ、鼓動がとくとくとせわしなくなる。

可能性は……。

でも、さっきの拓巳のお父さんの言葉をふと思い出した。

企業イメージの低下を避けられると喜んでいた。将来あとを継ぐ予定の拓巳も、その思いはおなじはず。

つまりこれは、会社のために結婚を急ぐ必要がある中で、気心の知れている私が相手としてちょうどいい、という程度の意味しかない提案だ。

──はい、わかった。なるほどね。

そうでなきゃ私と結婚したいと思うわけがない。

危なかった、もう少しで妙な勘違いをするところだった。

そういうことであれば、拓巳が必死になるのもわかる。拓巳のお父さんには恩もある。

だったら、私はただ割り切ればいい。

「……別に、あり得ないっていうほどじゃないけど」

「マジか⁉」

「…………うん、たぶん」

逃げてなんか、ない。幼馴染みから逃げる理由なんてない。だいたい、逃げられたのは私のほう。

だからこれは母と、お世話になった拓巳のお父さんのためだ。

私は胸に湧きあがりかけた割り切れない気持ちに蓋をして笑った。うまく笑えたかは知らない。でも拓巳は深々と息を吐き出した。

「たぶんってなんだよ……でもまあいいわ。……マジで、大切にするから」

「まだ婚約だからね⁉　もしそれで、結婚までにお互いあり得ないってわかったら、この話はナシだから！」

「ああ、婚約でいい。それでいいから、俺のこと考えて」

「わかったって。拓巳のことも、拓巳の会社のことも考えるから」

会社？　とけげんそうにした拓巳は、そこに触れるのは今でなくてもいいと思い直したようだ。笑って、私の腕を引き寄せた。

ふいの仕草に反応が遅れる。

気づいたときには、拓巳の腕の中。

「ちょっ、拓巳⁉」

顔を上げると、拓巳がちょっと見ないほどの眩しい笑顔で私を見おろしていた。

私が離れようと身をよじっても、どこ吹く風。

むしろますますきつく抱きしめられる。

「婚約成立だな、俺たち」

なにが悲しくて、別れてから十年近く経った元カレで幼馴染みと、よりを戻したわけでもないのに婚約なんか。

だけど拓巳のたくましい腕の中はあたたかくて、泣きたいほど懐かしくて……。

私は今だけと自分に言い訳して、拓巳の胸に顔を埋めた。

【一章／拓巳】　もう逃がさないと決めている

七月の初めにさかのぼる。

連日のように猛暑が報道され始める中、フロントガラス越しに信号が青から黄色に変わった。

俺はかすかな苛立ちをぶつけるようにハンドルを指先で叩きながら、ブレーキを踏んだ。

来春開業予定である、一棟独立型のヴィラと呼ばれる形態のホテルに関する打ち合わせをすませたところだった。

話の流れから、打ち合わせ相手と俺の行き先がおなじ方面だとわかり、ついでだからと駅まで彼を送っていくことにしたのはいいが。

信号に引っかかった程度でイラつくのは、今夜の家族会議が頭にあるからに違いなかった。

『博巳が離婚したらしい』

父親が珍しく狼狽した様子でそう言ってきたのは、つい先週だ。

双子の兄である博巳は、久我リゾートに入社して三年目、二十五で結婚した。

相手は、久我リゾートへの融資を行った銀行の副頭取の娘。政略結婚ではなかったが、父親はこれで久我リゾートも安泰だと喜んだ。

それが、四年を待たずしての離婚だ。しかも家族にさえ、事前になんの相談もなかった。社内に激震が走ったのはいうまでもない。今後の融資はどうなる、開業予定のホテルは、という懸念があちこちでささやかれた。

しかしそれよりも厄介なことがあった。

博巳は久我リゾートの文字どおり「顔」だった。

副頭取の娘との結婚は、当時ブライダル事業を専業とするグループ企業『久我フルール』が立ち上げられたばかりでもあったため、その宣伝も兼ねて式は大々的に行われた。

顔のよさと人当たりのよい社交的な性格が功を奏し、博巳はメディアにもてはやされた。

これに味をしめたのが広報部で、博巳をモデル扱いしては表舞台に引っ張り出した。

ほかの業種であれば、社長息子の離婚くらいで企業イメージ云々まで懸念する必要はなかったはずだ。三組に一組の夫婦が離婚する世の中で、騒ぐほどのことでもない。

しかし博巳については、そうはいかない。

仮にもブライダル事業を担うイメージというものがある。

これから『久我フルール』で結婚する客に対し、社長息子は結婚に失敗した――という事実はマイナスイメージにしかならない。

そして俺の体感では、ブライダル事業ほど、そういったイメージが客の動向を左右する業界はなかった。

そんな経緯があったから、とにもかくにも家族会議だ――となったのだ。とはいってもなんせ本人がハワイに赴任中なので、オンライン会議だが。

こつこつ、とハンドルを叩く音に、われに返る。無意識に繰り返していたようだ。人を乗せているのに、これはいけない。

ようやく信号が切り替わり、俺は駅前のロータリーで打ち合わせ相手を降ろす。

さて発進するかとなにげなく向けた視線が止まったのは、そのときだった。

タクシー乗り場で、親子連れに順番を譲っている女性がいる。

俺からでは彼女の背中しか見えない。だが、ひとつにまとめた長い髪の下のほっそりしたうなじや、ジャケットに包まれた丸い肩のラインが、慎ましくもたおやかに見える。

なんてことのないスーツ姿だが、妙に目を離せないでいると、彼女がなにかを取り落とした。

クリーム色をした五角形の小袋。

「あれは……」

ある記憶が頭をかすめるやいなや、俺は助手席側の窓を開けた。脈が速くなる。

べったりと湿気を含んだ風が車内に吹きこむのと同時、忘れもしない澄んだ声が耳に飛びこんだ。

『——合格御守って書いてありますけど、これ最強なんですすよ。私もこれのおかげで助かったんです』

間違いない、律だ。

まさかこんなところでふたたび見かけるとは思わなかった。

久我リゾートがまだ前身の久我ホテル一軒のみだった時代、地元で付き合っていた幼馴染み。

高校のころは肩上のボブだった。そんなささいなことを十年近く経っても鮮明に覚えている自分に、自分で引く。

と同時に、胸を引き絞るような苦しさが喉元までせり上がった。

律は急いでいる様子だった。

親子を見送ったあとも首がせわしなく動く。タクシーを探しているらしい。

「あいつ、自分も急いでたくせに譲って……昔と変わらねぇの」

損をすると知りながら他人を助けていた制服姿の律が、まざまざと脳裏によみがえる。あのころと同様、律は俺を博巳と間違えずに呼んでくれるだろうか？　呼んでくれるといい。

——呼んでほしい。

俺はいったんバックして停車可の場所に車を停めると、律に向かって歩き始めた。

大人になった今でも覚えている。

『また人のことやってたのか』

俺が顔をしかめるといつも、律は開き直りのまじった笑顔で俺を見あげた。セーラー服の赤いリボンをいじりながら。

『言っとくけど、押しつけられたんじゃないからね。私が、そうしたいと思ったからそうしてるの』

決まり文句は、いつも俺をたしなめる口調だった。そうしておいて、律は日直の代わりに教師の授業の準備を手伝っていた。

友達が委員会に出なきゃ行けないから、塾に早く行かなきゃいけないらしいから、部活で使うコート準備の当番になってるみたいだから。

俺がなんでそんなことしてるのかと尋ねるたび、律は違う理由を口にしていた。

体(てい)よく同級生に使われていたわけじゃない。

律はクラスのヒエラルキーでも真ん中辺り、目立ちはしないが誰とでも当たり障りなく話ができるポジションだったと思う。俺とは学年が違ったから断言はできないが、その見立ては間違っていないはずだ。

ただ母子家庭だったからか、放課後に律が同級生と遊ぶことはなかった。部活には入らず、観光地にあるレトロな喫茶店でアルバイトをしていた。

放課後、人の代わりに用事を引き受けたあげく、そのあと真っ青な顔でアルバイト先まで走るのがお決まりの流れ。

一度、自転車でコンビニに向かう途中で全力疾走中の律を見かけ、博巳のふりをして声をかけたことがある。

まだ付き合う前、ちょっとしたいたずら心だった。

『律、久しぶり。僕のチャリ、乗ってく?』

ふり向いた律は怒っていた。

『拓巳、それやめて』

『なにが?　これからバイトでしょ?　走るより早いよ』

『拓巳ー、ふざけないの。私をなんだと思ってるの?　拓巳を間違えるわけないでしょ』

『……よくわかったな』

いつもの口調に戻すと、律は得意げに胸を反らした。

『当たり前。じゃ、チャリお邪魔するね。全力で漕いで！　時間ロスした！』

『はあ、おまえほんとつまんねぇ。うちの親なんか、今でも電話だと間違えんのに』

『ふたり、声もそっくりだもんね。でも、その手は私には通じないから。拓巳は、拓巳』

律が自転車のうしろに腰かける。あとから思えば、法的にアウトなやつだ。しかしあのとき、俺はふてくされた顔で聞きながらもむず痒かった。

博巳「に」似てる、と基準を博巳に置くのではなく、「ふたり」がそっくりだと言う律が、そのときめちゃくちゃ可愛く見えた。

軽く怒ってみせる表情さえ、胸が疼いてしかたなかった。家ではすべてにおいて博巳が基準で、俺はただの比較対象だったから。

自転車に乗せた律のやわらかな体を、まざまざと意識した。

俺を俺として見てくれる、たったひとりの幼馴染み。

――ほかの誰とも違う、特別な女。

まあ……律は、俺を特別に思っていたわけではなかったのだが。

律が訪問する家の近くで、車を停める。

エンジン音が止むと、とたんに車内がしんとした。エアコンは効いているはずだが、やけに暑く感じる。

助手席に座った律が、シートベルトを外そうともたつく。焦っている様子が丸わかりだ。俺といるのが、そんなに気づまりか？　そう言いかけてこらえる。今はとにかく、客先に送り出すのが先だ。

「ロックかかったときは、ゆっくり引けば解除できる」

「そ、そうなんだ。っ、ありがと……客先いってくる」

助手席に手を伸ばすと、律の肩が強張る。ぎくりとしながらも、俺は気づかないふりでシートベルトを一度ゆっくり引き、ロックを解除した。

さりげなく律の左手に目をやる。薬指に指輪はない。大げさなほどほっとして、ため息をついた。

聞きたいことはたくさんある。

別れてからどうしていたのか、とか。恋人はいるのか、とか。

――博が離婚してフリーになったけど、どう思う？　とか。

そう尋ねる暇はなかった。律は洋菓子店の紙袋と、それとは別の小箱がひとつ入る程度の大きさの紙袋を持って車を降りると、慌ただしく走り去った。

名刺を渡しそびれたと気づいたのは、車を発進させ、律が見えなくなってから。

だが、と俺はさっき見たものの記憶を辿る。

律が手にしていた小さな紙袋には、デフォルメされた眼鏡のデザインと、『星見眼鏡店』という店名のロゴが描かれていた。


翌日。俺はさっそく仕事の合間を縫って、星見眼鏡店を訪れた。

チェーン店でなくてよかったと心から思う。チェーン店であれば、今ごろ付近の店を片っ端から調べていたところだ。

自動ドアをくぐり、心持ち照明を落とした様子の店内に足を踏み入れる。汗をかいたシャツに、エアコンの冷気が気持ちいい。

「いらっしゃいませ！　眼鏡をお探しですか？」

フロアスタッフだろう若い女性が俺を見て顔を輝かせると、やたらと弾むような足取りで近づいてきた。経験上、警戒の必要なタイプだ。

常に、自分とおなじ顔の兄がモテまくるのを見て育ってきた。顔がいいことは今さら否定しないが。

「ええまあ……こちらに大崎さんというかたが働いていると思うのですが」

「大崎、ですか？　いえ……」

仲野というネームプレートをつけた店員は首をかしげた。嘘をついているふうでもない。客先への訪問に私物の紙袋を提げるはずはないから、ここが律の勤め先かと思ったのだが、違ったのか。

しかたないので眼鏡を見繕う。仲野は俺に張りついて、あれもこれもと勧めてきた。接客を超えた色の含まれた目にうんざりしたが、無下にもできない。いくつか試して、適当にひとつ購入することにした。

「ありがとうございまーす！　レンズの仕上がりは一週間後になります。こちらに連絡先をご記入ください」

カウンターに腰かけ、受付伝票に必要事項を書く。勢いで来てしまったが、とんだ間抜けだ。

そのとき、フロアの奥からスクエア型の黒フレームが朴訥（ぼくとつ）な印象の男性が現れた。胸元の名札には店長と書かれている。

「あっ、店長！　こちらのお客様、眼鏡がとってもお似合いなんですよ！　うちの店のモデルにしたいくらい」

「仲野さん」と女性店員をたしなめた店長は、俺に向かって頭を下げた。見た目もだが、性格も朴訥そうだ。

「気にしてませんから。こちらこそ、失礼しました」

「失礼？」

「えっとこの……久我様、が大崎さんという人を探してるんですって」

仲野が受付伝票に記載した俺の苗字を読みあげる。

「ええ。でも人違いだったよう……いえ」

そういえば俺と律が別れたあと、律の母親が再婚したのではなかったか。

「名前は律さんとおっしゃるのですが。大崎は旧姓で、今は苗字が変わっているかもしれません」

言いながら、怪しい者ではないと示すために名刺を差し出す。仲野は「ああ！」と手を叩いた。

「それなら先輩じゃないですか？　うちの事務さんで、今日は展示会のほうに出張なので不在ですけど。でも、こんな素敵な知り合いがいるのに婚活パーティーなんか行かないですよね……別人かな」

「婚活パーティー？」

訊き返す声が、自分でも驚くほど険しくなった。

「そう、来週末に船上でやるらしくって。でも私だったらやだなー、アラサーになっても焦りたくない」

もしそれがほんとうに律本人のことだとしたら。

想像して、腹の奥が煮えた。

「仲野さん、社員の個人情報を喋らないで。……お客様から社員への取次はお断りしておりますので、受け取るわけには……」

俺も経営側だからその姿勢は理解できる。社員がなんらかのトラブルに巻きこまれないとも限らない以上、客との橋渡しはできないだろう。

俺はカウンターのボールペンを取りあげ、戻ってきた名刺の裏にプライベートの番号を書いて店長にふたたび押しつける。

——婚活パーティーなんかに出席する暇があったら、俺に連絡しろよ。

店長は怪しみながらも断るに断れないといった顔で困惑していたが、その隣から仲野が「いいじゃないですか!」と名刺を取りあげた。

「先輩かどうか、渡してみればわかるんですし。これは私が預かりますね!」

「仲野さん」

たしなめかけた店長の胸ポケットで電話が鳴り、店長が慌てて奥へ下がる。その隙に、仲野が名刺をしまった。

媚びのちらつく表情が気になったが、預かってくれるならいいかと俺は店をあとにした。

二日が経ったが、まだ律から電話がない。

役員室で決裁文書に目を通しながらも、意識は胸ポケットに入れた私用スマホに向いてしまう。

購入した眼鏡の仕上がり日を待たずに店にもう一度行くことも考えたが、あの店長に変に目をつけられるのは避けたい。

いや、そもそも律が俺を避けている可能性もある。再会したときの様子を思えば、否定できない。

「つうか、婚活パーティーってなんだよ」

所在がわからなかった律とやっと再会できたというのに、このままでは終われない。婚活なんかやめろよ。そう言いたい。

気がつけば、パソコンの検索画面を指先が叩いていた。船上パーティー、婚活、そして開催日で検索をかける。

結果はたやすく表示された。

「へぇ」

さっそく主催者に直接連絡を取る。久我フルールとの事業提携も視野に入れ、パーティーに参加させてほしいと伝えると、向こうも快く飛び入り参加を受け付けた。

そうやって、偶然を装い律の前に現れた。

「お母さんの再婚に合わせて、ついてきたの。苗字も大崎から結城に変わって」

「絵里さんにおめでとうと伝えといて。つぅか、新しい姓を知ってればな……」

「なにが？」

「いや、おまえと連絡取れなかったから」

最初から結城の姓を出していれば、あの店長の態度も少しは好意的な方向に変わっただろうか。そうすれば、パーティーなんかに参加させずにすんだかもしれない。

さっきから、律をちらちらと見ている男がいる。

律はまったく気づいていなかったが、俺は男への牽制のつもりで律の腰かけたスツールに手を回した。

それにしても律は鈍い。

逃げかけた律を、待てよと引き止める。ふり向いた律の顔が歪んでいて、もしかして泣くんじゃないかと思った。

「……やめてよ、今さら。昔をなかったことになんて、できない」

いつも明るく笑う律の、怒りを押し殺した声に息をのんだ。

「私のこと『無理』って判定を下したのは、そっちじゃない。なのに『相手を探してる』から、私でもいいか、って？　そんな理由で結婚なんて、考えられない」

「律」

「手、離して。そんなたちの悪い冗談、聞きたくないっ……！」

とっさに釈明しようと口を開いて――やめる。言えなかった。

俺が、なぜ無理だと言ったか。

なぜ高校生のとき、俺が律を手離したのか。

伝えたところで、あのころには戻れない。俺自身の自信のなさが露呈するだけ……だが。

――なんで、泣きそうな顔をしてんだ？

その顔に、罪悪感だけではないかすかな予感……もっといえば、期待めいたものが湧きあがってくる。

打ち消しても打ち消しても芽吹く、身勝手な期待にすがりたくなる。

律への未練があるからだと頭ではわかっている、だが。

もしも……もしも。律も少なからず、別れの傷を引きずっているとしたら。そこに懸けてもいいだろうか。

――もう、後悔したくないから。

連絡していいかと訊けば、律は否定の代わりに口ごもった。その様子に、また湧きあがるものがある。

長く誰に対しても冷めたままだった胸の内側が、律の前でたしかな熱を帯びる。

俺は会社のためというもっともらしい口実で父親を説得し、律の母親に連絡して結婚の内諾を取りつけた。

先に外堀を埋めてでも、律がこれ以上婚活するのを阻止したかった。

「婚約成立だな、俺たち」

色々と後回しにしたのを承知しながら、腕の中に収まった律を逃したくない一心だった。

後回しにしたものは、これから取り戻す。

ただ——やっぱり今も、律が好きだ。

その感情だけは十年が経っても、変わらないと思い知ったから。

二章　恋のやり直しはできますか？

遅まきながら秋の気配がやっと見え、セーラー服を冬物に替えた十月の初め。私たちのクラスでは文化祭の準備が佳境に入っていた。

放課後、足りなくなった絵の具を拓巳から借りるべく二年生の教室に入りかけた私は、砂糖菓子のような声に足を止めた。

「久我くんって、一年の大崎さんと付き合ってるの？」

引き戸はわずかに開いている。声はその向こうから漏れていた。

ガラス窓越しに教室内が見える。

文化祭の準備で拓巳のクラスも騒がしいかと思ったのに、教室にいたのは拓巳と女子生徒のふたりだけだった。

窓から差した西日が逆光になって、拓巳の表情まではわからない。

反対に、拓巳の前に立った女子の長い髪が、彼女が耳にかけるのに合わせてさらりと揺れるのはばっちり見えた。

これ、居合わせちゃまずいやつだ。

そう思うのに、目が吸い寄せられて動けない。私は使い切ってぺたんこになった絵の具のチューブを握りしめ、息をつめてふたりを見守った。

黒くてつやつやした髪も、ほんのり上気した頬も、ぱっちりとした二重の目も。まるで人形めいていて可愛い。名札の色で、拓巳と同学年の人だとわかる。

彼女は思いつめたような顔をしていた。それがどういう表情なのか、私にはわかる。

私だって、彼女とおなじ気持ちを拓巳に対して持ち続けているから。

「それがなにか、おまえに関係あんの」

「あるよ！　だって、私……」

こんなことなら、もっと前に告ればよかった。拓巳とおなじ高校に入ってから、いくらでもチャンスはあったのに。

ひろくんと拓巳はふたりとも優秀だったけれど、県内の有名進学校である私立の男子校に進学したひろくんと違い、拓巳は県立高校に進学していた。

私のほうは可もなく不可もなくといった成績だったから、拓巳とおなじ高校に行くためにそれはもう必死で勉強した。

そのころから、私にとって拓巳はすでにほかの誰とも違う、胸の奥の一番やわらかい特別な場所にいる人だった。

でも、そうしてなんとか無事に拓巳の後輩になったものの拓巳は恋愛事に興味がなさそうで……。

気安く話せる立場からの変化が怖くて、幼馴染みポジションの居心地のよさに逃げてしまっていた。

心臓が嫌な音を立て始める。

こんなに可愛くて、女の私でも守りたくなるような人に告られて、断る男子がいるとは思えない。

拓巳がうなずくだけで、私の恋は簡単に終わっちゃうんだ。

「私、久我くんが好き。前に、酔っ払った大学生に絡まれてたのを助けてくれたよね？あのときから……ずっと好きだったの」

「それ、俺じゃなくて双子の兄のほう」

夏休みの最中のことだ、とピンときた。私も偶然その場に居合わせたから、覚えている。

「えっ」

えっ、と彼女同様に上げかけた声を私はのみこんだ。だって、あれは。

「だから俺じゃない。勘違い」

「ああ、ときどき博巳と交換してんの。博巳が共学も見てみたいって言うから」

「で、でも。制服」

ちょっと。なに言ってるの？

こればかりは、ひと言言ってやらないと気がすまない。

私は思わず引き戸に手をかけたけれど——。

「大崎！　絵の具は？　あんま待たせんなよー」

派手な足音を立ててクラスの男子が廊下の角から現れ、私は「あっ」と悲鳴まじりの息をのんだ。バレー部に所属する彼は背が高くて早くも部のエースらしいけれど、がさつな性格が足音ひとつでもわかるというか。

これは間違いなく、中のふたりにも私がここにいることがバレた……！

「おせーんだよ、大崎。おまえのことだから持ちきれねーくらい借りてくるんじゃないかって、手伝いに……」

ガラッと、教室の引き戸が開いた。

バレー部男子にふざけまじりに頭を軽く叩かれたのとほぼ同時に、拓巳が表情の読めない顔で出てくる。

私とバレー部男子とを見比べられる。心臓が凍りつきそう。

バレー部男子がぽかんとして、私の頭を叩いたあとの手を所在なく宙に浮かせた。しん、としたそのとき。

「……さっきの答え」

拓巳が、教室にいた先輩女子のほうをふり返った。

「付き合ってるから、俺。律と付き合ってる。返事、それでいい？」

「た、拓巳っ？」

理解が追いつかず混乱していたら、先輩女子と目が合った。

彼女はとっさに肩をすくめた私を泣きそうな顔でにらみつけると、教室を飛び出して走っていってしまった。

ど、どうすればいい？

「え、大崎、おまえ、そうなのかよ？」

「律、絵の具が要んの？　何色」

拓巳が、バレー部男子の質問に割りこんでくる。ひとりだけ平然としていて、わけがわからない。

「絵の具、持ってくの手伝う。そこのおまえは戻ってろよ」

おろおろするうちに、拓巳はバレー部男子も退けてしまう。私の心臓だけが壊れそうなほどに鳴り響いた。

はい、といたって普段とおなじ調子で渡された絵の具を前に、私は拓巳の教室で立ち尽くした。

「……なんであんなこと言ったの？」

「その前に、立ち聞きについて言うことはないわけ」

「それは、ごめん。でも！　あれはよくないよ」

「なにが？」

「嘘をついたこと。あの子を助けたときのことも……あれひろくんじゃなくて拓巳でしょ。なんでひろくんだなんて言ったの？」

「別に。俺でも博でもどっちでもいいし」

「よくない！　先輩を助けた優しさは、ほかの誰のでもなくて拓巳のものなのに。隠す必要なんてあった？」

私の剣幕に、拓巳が珍しくたじろいであとずさる。

「……もしさっきの女子も、そう断言してたら。俺だって少しは考えた」

「え？」

「いいだろ、もう。つぅか、そこまで全部聞いてたのかよ」

拓巳が私に背を向けて、教室の隅にまとめてあった文化祭用の備品ボックスを漁る。

「……ごめん」

「いいけど。で、借りたい絵の具ってこれで全部？　俺、持ってくわ」

「待って、まだ話が終わってない！　っていうかむしろこっちのほうが大事で……勘違いされちゃったじゃない。どうするのよ」

「別に、そのままでいいだろ」

「そのままって、付き合ってることにするってこと？　だって、そんなの変じゃない」

思えば、このとき気持ちを言えばよかった。絶好のチャンスだったのに。

だけど私は混乱していて。

拓巳が先輩女子をフるためにわざと人違いだと言ったこととか、私をつる口実にしたことへの憤りで心がぐちゃぐちゃにもなっていて。

「変って。おまえこそ、気安く男に頭触らせんなよ。あいつ、おまえに気があんぞ。おまえあいつに告られたら、どうするつもりだったわけ？　おまえ、押しに弱いし。その気がなくても付き合ってそうだよな」

拓巳が、自分の行動を差し置いて私をなじったのにももやもやして。

「今は私の話してる場合じゃないでしょ。それに私が誰かに告られるわけないし」

「その無防備さが、おまえの欠点だっての。もっと警戒心を持てよ」

「なによ！　……わかった、警戒のために拓巳と付き合ってることにすればいいって？

そうすれば、お互いに都合がいいって言いたいんだ？　わかったわよ、そうすればいいんでしょ！」

売り言葉に買い言葉。気がついたら、自分の気持ちを打ち明けそびれたまま宣言してしまっていた。

それが私の、片思いから一歩も進んでいない、奇妙で酸っぱいカレカノの始まり。

＊＊＊

築十二年の、いまいちパッとしない私の小さな部屋は……どこへ行ったんだっけ。

台風の直撃を免れた、ある意味引っ越し日和ともいえる八月の初旬。

私の寝室だといって案内された二十畳はありそうな部屋を前に、私は呆然としていた。

なにしろ、日当たりのよい東南側がすべてガラス張り。

床に貼られた無垢材の色といい、窓にかけられたカーテンといい、寝室全体がモダンで重くなりすぎない絶妙な雰囲気。

反対側にはウォークインクローゼットが設けられ、中を開けると三分の一も埋まっていない空間が広がっている。

天井から下がるペンダントライトも、装飾が控えめな分だけセンスのよさが際立つ。

私の家から運びこんだシングルベッドが、やけに小さく見える。

それどころか、この洗練された空間に対して貧乏くさいとまで思えるから怖い。場違いな感じが半端ない。

「あはは……さっぱりわけわかんない……どうしてこうなったの……」

部屋の前で立ち尽くしていると、スリッパを履いた足音が近づいてくる。ふり向くより先に、頭のてっぺんになにかが乗った。

「どうしたもこうしたもないだろ。今さらじたばたすんなって。俺たち婚約したんだから」

拓巳だ。私の頭に顎を乗せている。

「でも！　同居は早まった気がする。あと顎、どけて」

「同棲、な」

そっけなく応じたのに、ささやかな抵抗は通じなかったのか、拓巳はすこぶる機嫌がよさそうだ。

顎先で頭をぐりぐりと押される。この距離感、どうとらえればいいの……？

「つぅかおまえ、荷物めちゃくちゃ少なくない？」

「そうかな……大した趣味もないアラサー女子なんて、こんなもんじゃない？　ってか痛いって。頭、乗せないで」

私は拓巳の頭をさりげなく剥がした。

やっぱり、この距離感は違うと思う。

恋人やほんとうの婚約者にするならわかるけれど、私たちはそうじゃないし。

私は部屋をあらためて見回した。

小物をまとめた段ボールは部屋の隅に積まれている。拓巳に言ったように、目立って少ないほうではないと思う。

少なく見えるのは、この部屋が広すぎるからだ。

まるで高校のときの再現かというほど、了承はしたけれど釈然としないという状況のまま婚約は成立してしまった。

顔合わせでは、互いに子ども同士が幼いころから知った仲ということもあり、両家は大いに盛り上がった。

一番アウェーだろう美織までもらい泣きしてたっけ。

あれよあれよというまに式の日取りまで決まり、拓巳のお父さんがその場で久我フルールが展開する最上級の式場を押さえ。

——そしてなぜか、私の住まいのセキュリティーが弱いという話題になり。

『あのマンション、誰でも部屋の前まで行けちゃうじゃない？　ずっと心配だったのよねえ。結婚すればやっとその心配が……そうよ、もうあんたたち一緒に住みなさいよ』

という母の言葉がダメ押しとなり、拓巳の部屋に引っ張りこまれることになってしまった。今日がその初日だ。

引っ越し作業はついさっき終わり、養生シートもすべて撤去され業者も帰ったところだった。

——私って……ここまで流されやすい性格だったっけ？

母の再婚にともなって引っ越ししてから、大学一年の終わりに一度だけ、付き合おうと言ってくれた人と付き合った。

だけど半年も経たずに「ほんとはオレに興味ないよね」という言葉であっけなく終わった。

わかっている、悪いのは私だ。私は、彼のほしい気持ちをあげられなかった。

思えば「おまえとだけは、無理」だの「興味ないよね」だの、さんざんな言われよう。

とにかく、恋愛的なアレコレはそれきりだ。羽目を外さず、散財もせず、老後のためにコツコツと貯金してきた。

堅実すぎて、義妹には面白みがないねと驚かれたくらい。

そんな私にこんな人生が待ってるなんて、想像もしなかった。

でも拓巳の言うとおり、じたばたしてもしかたがないのかな。

いつまた「無理」だと切り捨てられてもいいように覚悟はしておくけれど、もう新しい生活は始まってしまったんだから。

観念してため息をつくと、とたんにお腹が空いてきた。

「……もう六時かあ。冷蔵庫、なんか入ってる？」

ふり返ると、拓巳が「お」と喜色を浮かべた。シンプルな長袖カットソーに、黒のカーゴパンツというラフな服装だ。

男らしい色気と適度な抜け感のバランスに、かすかに肩が跳ねる。

拓巳の私服なんて高校のときに何度も見たし、新鮮味はないはずなのに。

「作んの？　あれ旨かった、オムライス。作ってくれたことあっただろ、納豆入ったやつ」

付き合ってもいない、ただの幼馴染みだった中学生のときに作ったやつだ。

拓巳が珍しく、母と私がふたりで暮らしていたアパートに来たときに振る舞った。納豆と刻んだネギをご飯と炒めて卵で包んだだけの、正確にはオムライス風の食べ物。

中学生が作った、お世辞にも美味しいとはいえないそれを、拓巳は喜んで食べてくれたっけ。

「あんなのがいいの？　余り物を放りこんだだけのやつだよ」

「いや、もうその口になったから。あれがいい」

あんなものを食べたがってくれるなんて。

そういうなんでもないひと言が、私を浮き立たせるなんて知りもしないで……。

でも、とふと私なりに答えが得られた気がした。

私たちは付き合ったからダメだっただけで、幼馴染みとしてはうまくいっていた。

「……わかった。でも手伝ってね」

「おー」と、やる気がないようで実はちゃんとあるとわかる声が返ってくる。

声も表情も、昔の拓巳と変わらない。

だから私も幼馴染みとしてなら、気安くなれる。昔に戻れる。幼馴染みと同居を始めただけと思えばいい。

「あ、でも納豆なかった」

ふふっ、と噴きだした勢いで拓巳の脇を軽く小突く。これも幼馴染みとして。

このときの私はまだ、今回はぜったいにその領域を超えない自信があった。


と思ったそばから、試されてる……！

「風呂場はそこな」と拓巳に案内された、豪華としか言いようのない浴室を前に、私はぎくしゃくとうなずいた。

高級ホテルで見かける部屋付きのお風呂さながらだ。

磨きあげられた広い浴槽は泡が出てきてもおかしくない趣があるし、清潔感があって落ち着いた内装も非日常的。

リビングダイニングを眺めたときにも感じたけれど、生活ランクの違いをまざまざと思い知る。

「ここ、どこよ……」

呆然とつぶやくと、拓巳が喉の奥で笑った。

「その質問なに。なにを求めてんの」

「ただの驚きだから。拓巳って、お坊ちゃんだったんだね……」

「今さら？　うちのホテルに誰よりもしょっちゅう来てたくせに、なに言ってんだ」

「それはそうなんだけど。自宅もホテルみたいだなんて、前世でどんな徳を積んだのかと思って」

「徳を積んでれば、もっとスマートに人生やってる」

「そうなの？」

「ああ。つまんねぇことで逃げて、大事なもん無くしたりしない」

「え？　そっか……拓巳も苦労したんだ」

拓巳の十年間に思いを馳せていると、なぜか物言いたげな目が私をじっと見た。どうしたの？

思いがけず強い視線にたじろいだけれど、拓巳は「ゆっくり入ってこいよ」とだけ言い残して、洗面所を出ていった。

どことなく落ち着かない気分なのは、拓巳の家にいるという緊張感のせい？

それとも、今の拓巳のまなざしのせい？

——きっと両方、だよね。

私はそそくさと服を脱ぎ、洗濯カゴに入れた。下着はとりあえずタオルで包む。あとでこっそり洗おう。

おそるおそる浴室に足を踏み入れた私は、顔から火が出そうになった。

拓巳のシャンプーとボディーソープ。

昼に使ったばかりなのか、その残り香が否が応でも拓巳の男らしい身体の匂いを思い出させて……。

「あああ……」

私は頭を抱えて浴室の床でしゃがみこんだ。

頭ではわかっていたけれど、このお風呂を拓巳も使っている生々しさに耐えきれない。

付き合っていたころでさえ、ふたりでおなじシャンプーを使ったことはなかった。気持ちの余裕がなくて、抱き合ったあとは一刻も早く服を着たっけ。

拓巳と肌を合わせた記憶が、触れた身体の熱さが、よみがえりそうになる。

胸がぎゅっとなる。私はなにも見ないよう目をつむったまま、体を洗った。

慣れとは恐ろしい。

週末を挟んで月曜日にもなれば、拓巳の家に住むことへの動揺も小さくなってきた。

「やばっ……寝坊！」

跳ね起きて、着替えを手に洗面所に駆けこむ。シャワーの時間を削って……いやいや、仕事中フロアにヘルプで出る可能性もあるから、身だしなみはおろそかにできない。

シャワーを浴び、化粧水を適当に叩きこみ、髪を手早く乾かしてひとつにまとめる。最低限のメイクをしてダイニングに入ると、拓巳がタブレット端末を片手にコーヒーを飲んでいた。

ぎこちなく「おはよ」と言い、私は別に牛乳派でもないのに冷蔵庫から牛乳を取り出す。

拓巳が端末から顔を上げた。

「牛乳だけ？」

「今日はね！　いつもはほかにも口に入れるんだけど、時間ないし」

「律って朝、弱かったのな。意外。おまえが遅刻したとこ、見たことないけど」

そのとおり。高校のときは無遅刻だった。よくそんなこと覚えてるなあ……。

「あは、昨日寝付けなかったから……でも、こんなに寝坊するなんて想定外」

「寝付けないって」

じっと見つめられて、牛乳をグラスに注ぐ手がぎくりとする。

「エアコンの効きでも悪かったたか？」

「それはないよ、快適だった。眠れなかったのは、読んでた本が面白かったせいね。あーっ、もう行かなきゃ」

本が面白くて、なんて嘘。ほんとうは、別々の寝室とはいえ拓巳を意識してしまって眠れなかった。

私は落ち着いた色調がモダンなアイランドキッチンに手をつき、牛乳を飲み干す。

「拓巳は？　まだいいの？」

「ああ。今日は秘書が車で迎えに来るし。おまえも乗ってく？」

「……乗らない。それ、社用車でしょ。私物化しないの」

「言うと思った。じゃな」

拓巳が笑って端末にふたたび目を落とす。端末には新聞が表示されている。

「ん、行ってきます——あ、拓巳」

けげんそうに顔を上げた拓巳に、私は自分のうなじの辺りを指でつついて示す。

「ここ、跳ねてる」

「マジか。あぶね、気づかなかった。俺も実は昨日、寝れなかったんだよな……」

「なんで？」

「なんでって……別に、大した理由じゃねぇよ」

すっと目を逸らし髪に手をやりながら洗面所に向かう拓巳に苦笑して、私も玄関に向かう。その途中ではたと思い至った。

――ひょっとして拓巳もこの週末、少しくらいは私を意識した？

それで急いで朝起きたあと、うっかり寝癖を放置したのかもしれない。

なんて思うと、自意識過剰だとわかっていてもむず痒い気分がこみ上げる。

私はパンプスの音でその気分を散らすようにして、今日から新しく利用する駅へと走った。


拓巳の家で同居を始めてから、およそ一週間。この家の困ったところをひとつ挙げるなら、リビングやキッチンの雑音が寝室まで届かないことだと思う。

雨が降るとなおさら、ほかの音が聞こえなくなる。

拓巳の睡眠の妨げにならないよう静かに朝の支度をするつもりだった私は、身支度をすませて足を踏み入れた朝のリビングで、なんとも魅惑的なバターとコーヒーの香りに目をみはった。

「見間違いじゃなければ、めちゃめちゃゴージャスな朝食が用意されてるんだけど……！」

ダイニングテーブルの上が豪勢だ。

トマトとレタスの瑞々しいサラダに、ハムとチーズを挟んだホットサンド、そしてたっぷりのバターを使ったふわふわのスクランブルエッグがワンプレートに盛りつけられている。

「盛りつけまで完璧。まんまホテルの朝食じゃない」

「まあ、ホテルを見て育ったから。フルーツはないけどな」

「あ、じゃあコーヒー淹れるね」

いそいそとキッチンに入り、コーヒーマシンからなみなみとコーヒーの入ったガラスのデカンターを取り出す。

なにも言わなくても、拓巳が吊り棚からシックなデザインのコーヒーカップを取り出してくれた。マグカップではないところが、ますますホテルめいた雰囲気を醸しだす。

それらをダイニングテーブルに並べて、向かい合って席についた。

「いただきます」

小さく手を合わせてから、スクランブルエッグをフォークですくう。口に入れると、とろりと溶けて幸せの余韻が広がった。

「うわ、ホテル……」

「おまえ、さっきから『ホテル』しか言ってねぇな」

「いやもう、語彙が見つからないよね。こんなの出されたら」

「で、旨いのか旨くないのかどっちなんだよ」

「美味しい！　最高」

ほかほかのホットサンドは、ひと口かじるとチーズがとろりとあふれてきた。

チーズとハムにパンの組み合わせなんて、美味しいが保証されてる。

カリッと焼けた耳の部分と、反対にふわっとやわらかな真ん中の食感の違いもいい。サラダが口をさっぱりさせてくれるのも嬉しい。

「いい顔するのな」

拓巳がホットサンドを頬張った。サクッという、小気味よい音がする。

その目が嬉しそうにすうっと細められて、心臓が跳ねた。

拓巳の笑顔は心臓によくない。

「……すごいね、拓巳。全方向にスキルアップしてない？」

「そりゃ、俺との生活に幻滅されたら終わりだから。全力にもなるって」

私は少し考えて、ホットサンドをお皿に置いた。

「……幻滅するのは拓巳じゃないの？」

「なんで」

「や、だって、一度『無理』判定を出した相手だし」

流されたのがきっかけでもあり、反発もしたけれど、私自身は最終的に自分の意思でこの婚約を受け入れたんだから、後悔なんかしていない。

だけど拓巳は違う。会社の事情で結婚を余儀なくされた拓巳は、いつか十年前のように、私が隣にいるのを苦痛に感じる日が来そうで……。

拓巳には笑顔でいてほしいのに、ほかでもない私自身がそれを妨げるとしたら。

その想像は私自身がまた幻滅される可能性よりもよほど怖いものだったから、私は言わずにはいられなかった。

「純粋な仕事だったら、相手との相性だけでは決められないけど。拓巳の人生なんだから……私が言うのもなんだけど、軽率じゃない？」

「俺の人生だから、律がよかった」

「……っ、それが軽率なんだって言ってる——」

「聞けよ。おまえとの結婚は軽率でも無理でもなく、俺がそうしたかった。幼馴染みだってのも関係なく、最初からおまえがよかった」

声を荒らげた私を遮り、拓巳がためらいもごまかしもなく言い切る。どこか怒ったようにすら聞こえる真摯な声音に驚いて、肩が跳ねた。

——結婚相手に私を選んだのは、妥協したからじゃなかった……？

「昔の発言は忘れてくれ。ごめん、あれは俺がガキだった」

そう言われてすぐに忘れられるものじゃない。なにせ年季の入ったトラウマだから、簡単には消えてくれない。

でも、謝らせたいわけじゃないのも事実。

「……わかった。ひとまず水に流す」

明らかにほっとした拓巳を軽くにらんで、ホットサンドをかじる。冷めかけていたけれど、優しい味がした。

「断じて、流されたわけじゃないからね」

「わかってるって。けどマイナスがゼロになったと思っていいよな？　これで晴れてスタートってことだよな？」

「う、うん」

戸惑いつつうなずくと、拓巳が嬉しそうに息を吐く。

その表情を見たらなんだか少し……気が抜けた。まあいっか、と思ってしまうのは、けっきょく相手が拓巳だからなんだと思う。

「あ、でも私も昔よりはスキルアップしてるはずだから、披露させてよ。なにか、私にしてほしいことはない？」

「してほしいことか……」

思案げにコーヒーに口をつけた拓巳が「あ」と漏らした。

「……いや、いいわ」

「え、なになに、言ってよ。夕食作りとか？　あ、掃除？」

といっても、掃除やクリーニングは、このマンションに常駐の契約スタッフがコールひとつで対応してくれる。電球を替えるといったささいな作業から、部屋の模様替えのサポートまでこなしてくれるのだ。

食事も頼もうと思えば頼める。私の出番なんてない。

じゃあほかになにができる？　と思いつつ身を乗り出す。拓巳はああ言ってくれたけれど、幻滅される可能性はできるだけ回避したい。

と、拓巳の目がいつもと違う熱を帯びた。

色っぽいというか、艶めいたというか。……なに？

「律さ。俺のベッドで寝てくれよ」

固まった。

最初は意味が理解できなくて。次に、その意味を察した混乱で。

「な、なにふざけてんの」

「その反応、どこまで想像した？」

「どこってっ。私も拓巳のベッドを使うって意味でしょ？　それ以外にはなにも、まったく、想像してない……！」

焦って言うと、「ふぅん」と拓巳が鼻白んだ。

「俺は、その先もめちゃめちゃ想像したけどな。別に初めてじゃねぇし、結婚もすることだし」

「それはそう、だけど」

もちろん、そうなることを考えなかったわけじゃない。

なんといっても、婚約した者同士。

頭では理解してる。納得もできる。でも……。

「ま、いいわ。考えといて」

拓巳の引き際は意外とあっさりしていた。

それもそれで、置いてけぼりを食った気分になった。


「――で？　その返事を、まだ保留にしてるの？」

真由子さんが、前菜に続いて出されたトウモロコシの冷製ポタージュスープをすくいながら笑った。

私もスープを口に運ぶ。なめらかな口当たりと同時に、香ばしく力強い夏の味が広がった。

「自分からしてほしいことを聞いたのにね？」

お盆明け、拓巳との再会からスピード婚約に至るまでの経緯を報告した私は、スプーンを置いてぎこちなくうなずいた。

高級店の建ち並ぶ繁華街でも老舗のビル五階からの夜景は格別だ。真由子さんはセンスのよいお店をたくさん知っている。

「……だって、形だけの婚約者ですし」

気まずさをスパークリングワインで流しこむと、また真由子さんが少女のように笑う。

真由子さんは観劇帰りだそうで、水色地に藍色の縞を入れた着物で爽やかさを残しながら、桔梗(ききょう)をあしらった帯で秋の気配を感じさせる組み合わせがこなれている。

「浮かない顔。若いわねえ。寝るくらい、なんでもないでしょうよ。生理的に受け付けないの？」

「いえ、それはないですけど」

それだけはぜったいにない。

「じゃあ、問題ないじゃない。さっさと寝ちゃいなさいよ。どうしても引っかかるなら、ほんとうにベッドを共有するだけでも、ね。……ふふ、なんだか可愛いわね。青春時代を思い出すわ」

「真由子さんっ」

「あら、ごめんなさいね」

頬が熱くなった私と反対に、真由子さんは澄ました顔だ。彼女にかかると、私なんてまだまだ未熟。

食事を進めながらも、拓巳のことをあらかた聞き出されていく。

スープ、前菜、ときてメインの肉料理は厚切りの牛タンだ。表面をカリッと、中はしっとりと焼きあげた肉は脂が乗っていて、やわらかな食感としっかりした旨みが感じられる。しつこくないのも嬉しい。

美味しい食事には、口を滑らかにする効果もある。つい、本心が零れた。

「……でも、真由子さんの言うとおりです。忘れようと努力した名残か、いきなり結婚することになっても、心の持って行き場がまだ定まらない気がしていて」

たしかに形の上では婚約者になった。けれど実態は、もうすぐ夫婦になる関係とはほど遠い。

だから、ただの幼馴染みでいようとしたのに、今度はその矢先に心をかき乱される。揺さぶられる。

かといって、じゃあどうしたいのかと訊かれると途方に暮れる。

「馬鹿にしたわけじゃないのよ？　青くったっていいのよ。距離をつかみかねているのは、りっちゃんだけじゃないでしょうし。でも話を聞く限り、彼のほうはその現状を変えようと、努力してるんだと思うわ」

「現状を変えようと……」

「でも、たしかなことは彼に訊いてみなきゃね」

そうかもしれない。あまりにも長いブランクのおかげか、お互いに遠慮している部分があってもおかしくない。

とにかくまずは拓巳ともっと話そうと決めると、コース料理もようやく素直に楽しめるようになった。

三度の離婚を経てもはつらつと人生を謳歌する真由子さんの話を聞いていると、私も大丈夫だと思えてくる。

話も食事も進んで、デザートであるパイナップルのムースケーキを食べ終えるころには、お腹も心も至福の気分で満ち満ちていた。

「でもそうやって真面目に考えちゃうところ、私は好きよ。そうそう、この前お店に行ったとき、りっちゃんが不在で。あの若い子が接客してくれたんだけど――」

仲野さんのことらしい。真由子さんの顔が曇る。

彼女がまたミスをしていた。それを真由子さんが注意したら、反省どころか自分は悪くないと開き直ったという。

「――店のためにもあの子自身のためにも、今のうちになんとかしたほうがいいんじゃない？」

私は身を縮めつつ「わかりました」と頭を下げた。お客様にこんなことを言わせるなんて、ひたすら申し訳ない。

ともあれ、仲野さんとも話さなくちゃ。


翌週の金曜日の仕事終わり、私は迎えにきてくれた拓巳の車に乗っていた。

再会した日に比べたら、この状況にもずいぶんと慣れたものだと思う。

猛々しいライオンのシルエットのエンブレムのついたＳＵＶは、座面に傾斜があって体が深く沈みこむ感触が心地いい。そういえば、再会したときの車はセダンだった。あれは社用車だったんだろう。

拓巳の運転は滑らかで静かだ。ハンドルを握る横顔につい見入る。

「なんかあったのか？」

「え？」

どきっとした。

拓巳が前を向いたまま言う。

「今日、静かだろ。いつもは車に乗ったとたん、ランチに行った店で秋の新メニューが出てたとか、客の飼い犬が店の外で待ってたのが可愛かったとか、しょうもないことを喋りだすのに」

互いの都合が合うときは、今日のように私の仕事終わりに合わせて拓巳が迎えにきてくれていた。

頻度は高くないけれど、そのたびに私はとりとめのないことを話していた気がする。

「しょうもないってなによ」

「いや、そういうのが律の元気の素だろうなって思ってたから」

そのとおりだ。見ていないようで、拓巳はよく見ている。

身体からよけいな強張りが抜けた。

「……後輩への指導がね、うまくいかなくて」

店長やほかの社員から、ミスを繰り返す後輩の指導を任されたこと。ミスをなくす指導のはずが、自分は悪くないと客や私たちに責任転嫁され、本人の意識が変わらないこと。その上、指導が裏目に出て職場の雰囲気が悪くなったこと。

ここ最近、抱え続けてきた重い気分を吐き出す。

実はストレスだったみたいで、拓巳の前だというのもあってか止まらなくなった。

「どうすればうまくいくのか、わかんなくて……」

黙って耳を傾けてくれていた拓巳が、交差点の手前で右折のウィンカーを出して車線変更した。

あれ？　いつもはこの交差点を左に曲がるはずなのに。

「……肉、食おう。腹減った。旨い肉食って、旨い酒飲もう」


連れてこられた焼肉店は、フランス料理店さながらの落ち着いた洋風のしつらえだった。騒々しい店内を想像していただけに面食らう。

照明は適度に絞られ、モノトーンで揃えられた内装がシックだ。

外観といい内装といい、焼肉店と聞いて想像したものとはだいぶ違う。こんなお店、あったんだ。

「ここは会員制で宣伝もしてないから、知らなくてもふしぎじゃない。落ち着いて食べれるから、俺は気に入ってるけど」

大人の隠れ家めいた店内は、カウンター席のほかはすべて個室らしい。カウンター席は満席で、楽しそうな声が耳に届く。

——拓巳はこういう場所を知る、大人の男性なんだ。

拓巳には拓巳の……私が知らない十年がある。それはしごく当然のことなのに、うっすらと寂しく感じてしまう。

私たちは個室のテーブル席に落ち着くと、さっそく注文を終えレモンサワーで乾杯した。拓巳の手にはノンアルコールビール。

私のために「旨い酒飲もう」と提案してくれたんだ。

「ありがとうね、拓巳」

「んー、なにが」

しれっと言う。私がなにに対して礼を言ったか、気づいているくせに。

照れたのか、それとも礼を言われるほどでもないと思ったのか。

どちらにせよ不器用な反応に、むず痒い気持ちがこみ上げる。制服姿のころと変わらな――。

「あっ」

「なに」

「や、えっと、なんでもない。ちょっと思い出しただけ」

けげんそうな拓巳に笑って返しながら、頬がゆるんだ。

――制服のころのままの拓巳も、私の知らない十年を経た拓巳も、どちらも拓巳なんだよね。

自分でも、なにを言ってるのかという感じだけれど。

さっき遠ざかったように思えた拓巳が、また手の届く場所に戻ってきてくれた感じがして、心がふわりと軽くなる。私は勢いよくサワーを喉に滑らせた。

「あー、お酒が美味しい！　今日はじゃんじゃん飲むから」

「おー、肉もどんどん食えよ」

拓巳は焼き網の上の肉から顔を上げず、焼き上がったハラミを私のお皿に載せる。

「あ、私も拓巳の分焼く。これでも人の分を焼くのは得意だから」

「人の分だけかよ」

「自分の分はほら、適当でもいいかなって」

私が焼き網に置いたタンとにらめっこするあいだにも、拓巳は焼けた肉を次々に私のお皿に載せていく。

拓巳にもゆっくり食べてもらいたいのに、これじゃ意味がないような……。

焼肉と別に注文したサラダやスープなどのサイドメニューも、運ばれてくる。

勧められるがままに食べながら、私は車内では話しきれなかった分も打ち明けた。

「――という感じで、仲野さんと気まずくなってもやりにくいし……」

「ふぅん」

「あ、ごめん。愚痴っちゃった」

「いや。おまえが溜まったものを吐き出せてるなら、そのほうがいい」

優しいいたわりの言葉に不意を突かれてしまい、鼻の奥がつんとした。私は「もう一枚、食べるよね」と無理やり笑って拓巳用の肉を網に載せる。

拓巳には、おいしく食べてほしい。

わずかでも焦げて味が落ちないよう、細心の注意を払う。せっせと肉を焼いては拓巳の皿に置いていると、拓巳が噴きだした。

「真剣すぎ。そうやって、目の前の相手のことばっかりになるのはおまえのいいとこだけどさ。仕事では後輩との人間関係より優先すべきことがあるの、忘れんなよ」

なんでもない調子で言われた言葉に、次の肉を焼く手が止まった。

すとんと、心が落ち着いた気がする。

――そっか、そういうことなんだ。

お客様を大事にするべきなのに、いざ仲野さんを前にしたら彼女がどう思うか、とか彼女と今後うまくやっていけるかを気にしすぎて、遠慮してしまった。

そのせいで、指導が中途半端になっていたのかもしれない。

「ああ……、もうやだ、私ってば大事なことが抜け落ちてた。なんのための指導なのか、私自身が後輩に示すべきだったんだよね」

「お、顔変わった？」

「うん、スッキリした……！　拓巳ありがと、ね、これ食べてみて！　この肩ロース、タレもいいけど、塩だけでびっくりするほど美味しかったから」

「いいから、律が食べろって。ほら」

拓巳が、味つけしたカルビを箸で取ると、私の顔の前に差し出す。一拍置いてから、頬が熱くなった。

そんな私と反対に、拓巳は涼しい顔だ。

「早く。冷める前に食え。あと、網越しに渡すと熱気がすげぇ来る」

「う、じゃあえっと……いただきます」

私はテーブルに手をつき、そっと身を乗り出す。

羞恥をこらえて口を開け、拓巳の差し出すお肉を頬張ると、口内で旨味のつまった肉汁と甘辛いタレが絶妙に絡み合った。

「……美味しい」

「だろ？」

拓巳が口元に拳を当てて低く笑うと、早くも次の肉を焼き始める。

食欲をそそる音のおかげで、心臓の音に気づかれずにすんだみたい。私はこっそり胸を押さえながら、あらためて拓巳の顔を盗み見る。

一緒にいるだけで肩から力が抜けて、素の私でいられる笑顔。その表情は昔よりも包容力を増して、今こうして私の前にある。

心臓が甘く騒いでしようがない。

戸惑いを抱えたまま始まった拓巳との暮らしだけれど、その戸惑いが今、胸の内から軽やかに消えていく。
そのあとに残った感情には――まだ、もう少しだけ気づかないふりで。

八月も残すところあと数日だというのに、夏は一向に衰える気配がない。

事務所が入った二階の休憩スペースで遅めのランチ休憩を取っていると、店長が驚きもあらわに入ってきた。

「仲野さん、見違えたねー。ていねいに確認するようになったし、ミスしてもなにが原因か考えられるようになった」

店長は自販機でアイスコーヒーを買うと、くたびれた革張りのソファセットの向かいに腰を下ろした。

「やっぱり歳の近い先輩から注意するのが、一番効き目があったんだなあ」

店長が缶コーヒーのタブを上げ、美味しそうに呷る。

「歳は関係ありませんよ」

「そう？　じゃあなんて言ったの？」

「えっと……私たちはお客様に満足以上のものを受け取ってもらうための『チーム』だっ

て、話しただけですよ。だから私も正直、ここまで仲野さんが変わって驚きです」

拓巳に相談した次の日、私はさっそく仲野さんと膝を突き合わせて話をした。

でもそのときは反応が薄かった……というか、フロアに出ていない私の話なんか参考にならない、と思われた節があるのに。

「いや、結城さんはいいこと言ってくれてるよ。目的の共有はプロジェクトの土台だからね。仲野さん、最近は人の話を素直に聞くようになったよ。責任転嫁と開き直りが多かったときは頭を抱えたものだけれど、目覚ましい成長だと思うね」

「すごい。それはよかったです」

仲野さんは店舗フロア、私は二階事務所が主な勤務場所なので、彼女の様子を知る機会がなく気になっていたのだ。

私がきっかけだったようには思えないけれど、勤務態度が変わったと聞いてひと安心。

「結城さんのアドバイス、僕も使っていい？　次からそれでいこうかな」

店長は自分のアイスコーヒーを飲み干すと、もう一本購入したものを私に渡す。たっぷりの砂糖入りだ。

舌が痺れるほど甘いそのコーヒーを、私は勢いよく喉に滑らせる。

拓巳にも報告しなきゃ。

仕事帰り。マンションの最寄り駅で降りたあと、ちょっといいものを置いているスーパーに寄る。秋の果物と並んで健気に存在を主張していたスイカを買った。

子どものころ、夏休みに久我ホテルに行くと、従業員の誰かしらが冷えたスイカをこっそりおやつに出してくれた。

拓巳とひろくん、そして私の大事な思い出。

と、幼いころの夏の思い出に浸っていられたのは最初だけ。買い物袋の持ち手が手のひらに食いこみ、私は歯を食いしばる。せめて半玉にしておけばよかった。

マンションにたどり着く。吹き抜けのロビーでコンシェルジュに挨拶をするころには、息が切れかけだ。情けないけれど。

「重っ……」

「なにを買ったら、そんだけ肩が下がるんだ?」

エレベーターへ向かいかけた私は、背後をふり返った。拓巳だ。シャツを肘までまくり、ジャケットを腕にかけて暑そうに拳で額を拭っている。

今日は取引先との会食があると言っていたから、その帰りのはず。隠しきれない疲労がにじんでいる。

私は拓巳に見せるように買い物袋を持ち上げた。

「スイカ、買ってきた。食べよ」

「おっ、マジか。テンション上がった。腹も減ったわ」

ふい打ちの笑顔にどきっとしたとき、ごく自然な仕草で拓巳が私の手から買い物袋を取りあげた。

また心臓が小さく跳ねる。

「うわ、重。よくここまで持って帰ったな。つぅかこれどうやって切んの」

拓巳はそのままエレベーターのボタンを押す。じんとした痺れの残る手を軽く振り、私も隣に並んだ。

「どうにか……なるはず。思いっきり体重をかければ切れる……！」

「あのな。俺がいるだろ、こういうときは俺にやれって言えばいいの」

「そっか。……ありがと」

「ほんと、おまえって人を頼んの苦手だよな」

「そうかなぁ？」

エレベーターに乗りこむ。拓巳の手に提げた買い物袋がかさりと音を立てる。

拓巳といると、ふいに訪れる沈黙も気にならない。こういうのを「居心地がいい」と言うんだと思う。

隣に立つ拓巳をそっと横目で見あげる。

気を抜いてくれているのか、その表情はいくらかやわらかい。長い睫毛が、目元に陰影を作っている。

拓巳の呼吸に合わせて、シャツから覗く喉仏がかすかに上下する。どこもかしこも、昔よりたくましくなった。

ただ純粋に好きだった、「好き」だけでよかったのは、まだ拓巳と付き合う前――。

「そうだ、拓巳」

思い出をふり切って呼びかけると、前を向いていた拓巳が私のほうを見やる。

「この前、相談した後輩の話覚えてる？　あのあと、彼女ともう一度話したんだけど……今日、見違えるように変わったって店長が教えてくれた。拓巳のおかげだよ」

「焼肉？」

思わず噴きだす。

「そっちじゃなくて、拓巳が相談に乗ってくれたからだってば。ありがと」

「後輩と話したのはおまえだろ。こういうのは、おまえの力なの」

「それでも、拓巳が頼らせてくれたからだよ。拓巳には感謝してる」

「ふぅん」

前を向いた拓巳の耳が、かすかに赤い。いつかのように胸の内がむず痒くなってきた。

頬がゆるんでしまう。

「照れてる？」

「別に」

「そう？　拓巳、そういうとこ可愛いよね」

「からかってんのか？」

「違う違う、ほんとに可愛――」

言い終える前に、拓巳が顔を寄せてくる。息が止まる。

「っ……!?」

驚きと動揺で目をみはった。

え、なんで、どうして。

拓巳にキスされてる……!?

気づくなり、鼓動が暴走する。

私の唇が、拓巳の薄い唇によってやわく潰れる。

ひんやりとした拓巳の唇が、私の温度とまじり合っていく。

胸の奥に小さな火が灯る。思考が靄さながらにかすんで、なにも形にならない。待って、という言葉すら出てこずに、されるがままで。

一瞬のはずが、ひどく長い時間が過ぎたように感じたとき、ようやく拓巳が唇を離した。

私はといえば、呆然と見あげるしかない。

「……」

とにかくなにか言わなくちゃ。でもなんて？　なにを言えばいい？

目的階にエレベーターが止まる電子音が小さく響き、はっとした。拓巳が無言で先に降りる。

私は拓巳の背中をそそくさと追った。互いに無言で部屋に入る。

鼓動は乱れっぱなしで、ぜんぜん落ち着いてくれない。

驚いてるし混乱もしてるのに……そのくせ離してほしいとか、逃げたいとかはまったく思いもしなくて。

ああ、嫌だ。こんな思いをまた抱えたくなくて、ずっと見て見ぬふりをしてきたのに。

――なんでキスなんかするの……！

先に廊下に上がった拓巳の顔を、まともに見られないまま靴を脱ぐ。

ところがほとんど同時に、待ちきれないと言わんばかりの強さで腕を引かれ――。

「ちょっ……急になん――……っ？」

あらがうまもなく、私は拓巳の野性的な香りに包まれていた。

「急じゃない。ずっとおまえを抱きしめたかった」

「や、なにを言って――」

「聞けよ」

強引に被せられ、口をつぐむ。

「別れてから後悔しかなかった。おまえを楽にしてやりたくて手放したのに……俺のほうが、おまえがいないとダメだった」

一瞬だけ違和感が頭をかすめたけれど、痛いほどに抱きすくめられたら深く考えられなくなってしまう。

心臓が破裂する……！

「マジで、おまえがいないとダメだ」

「たく、み」

「ごめん。もう俺、おまえを楽にしてやれねぇわ。おまえが逃げたくても、もう無理だから。悪いけど諦めて」

拓巳の表情はどこか切なくて……いっそ苦しげで。

もうごまかせない。

気づかないふりも、見て見ぬふりも、限界だ。

――やっぱり……拓巳が好き。

私の恋は、どうしたって拓巳のところに戻ってくる。

思い出をどれだけ遠ざけようと、気持ちにどれだけ蓋をしようと、拓巳へ向かうのを止められない。

ひとたび認めてしまえば、自分でも驚くほど呼吸が楽になった。喉につかえていた塊が取れたかのよう。

たくましい腕の中で身じろぎ、私は拓巳の背中におずおずと手を回した。

「……逃げたくなんて、ならない」

厚い胸に頬を寄せる。

「私だって、拓巳がいないとなにもうまくいかな……わっ!? え、ちょっ!?」

唐突な浮遊感にうろたえて、慌てて拓巳にすがりつく。

拓巳の顔が私の目線より下にあった。

縦抱きにされていると気づくやいなや、変な声が出た。

「お、下ろして！ 子どもじゃないんだから！ ねえ！」

「なあ、もっと言って」

「えっ？」

「さっきの、すげぇ嬉しかったんだけど。もっと言ってくれよ。そしたら下ろす」

拓巳が蕩けるような笑みで私を見あげてくる。心の底から嬉しいと思ってくれているのが、伝わってくる。

言わされるのは気恥ずかしいし勇気がいるけれど、そんなに喜んでくれるなら……。

たまらなくなって、拓巳の肩に顔をうずめる。

「……っ、私だって拓巳にいてほしい」

「もっかい」

「まだ言うの?」

「そりゃあ、言われたいもんだろ。おまえ、ほんとうに俺といていいんだよな?」

真顔で訊かないで。羞恥プレイ……!

「……いさせてよ」

小さく返すと、声がくぐもった。

おそるおそる顔を上げると、拓巳が感極まったふうに顔を歪めた。

「うわ、やばい。マジでやばい」

下ろしてという私の訴えもむなしく、拓巳は私を抱えて廊下を早足で歩きだす。

私は拓巳の首をぎゅっと抱きしめて、その匂いを深く吸いこむ。

この匂いにまた包まれたいと、ずっと思っていた。


拓巳に抱き上げられたまま、リビングを素通りする。あれ? と思うまもない。

向かった場所は……拓巳の寝室だった。

拓巳が片手でドアを開ける。普段より心持ち乱暴な開け方だ。

ドアの閉まる音がしてほどなく、背中がベッドにやわらかく受け止められる。

初めての、拓巳のベッド。

ふたりきり。

空気の温度が、密度が、上がった気がする。

いたたまれずに起き上がろうとしたら肩を優しく押され、ふたたびベッドに沈んだ。ほとんど同時に拓巳が覆い被さってくる。

「なあ、律。この前の返事、今くれよ」

「この前……って」

思い出したとたん、頬も耳も熱くなった。「俺のベッドで寝て」という、あの話だ。

熱っぽい目が、私をひたりと見つめる。

それだけで、鼓動があり得ないほど騒ぎだす。

「先に言っとく。あのときとは意味が違うからな。おまえを抱きたいっつう意味で言ってるから」

「っ！」

とっさに「でも」とか「だって」とか、言い訳めいた言葉が浮かびかけて、でもすぐに消えていく。

初めて抱かれた高一のバレンタインの日も、心臓が壊れそうだったっけ。

あれから十年以上が経ったのに、今のほうが脈が乱れているかもしれない。

「い、いちいち訊くの？」

「当然。おまえ大事だし、逃がしたくないから。……まあ十年分、抱くけど」

涼しい目元に、あらわな欲情が乗る。

飢えた獣さながらに獰猛な視線に射貫かれたら、心より先に身体がじくりと疼いた。

「抱いて……十年分、キスして」

大胆なことを口にしたと気づいたときには、さっきのキスで少ししっとりとした唇がふたたび重なった。

……あ、これ。

たっぷりと時間をかけて、唇の表面を味わわれる感じ。頭がぼうっとしてくる。

拓巳の薄い唇は、ぶっきらぼうな物言いから想像する印象とは違う。

やわらかい。

探るように、加減をたしかめるように、唇が遠慮がちに重ねられる。さっきのふい打ちのキスとは違って、いいかと尋ねられてるみたい。

顔を離した拓巳が、熱っぽい息を深々と吐いた。

「……今すげぇ緊張してるわ、俺」

「私も。さっきから心臓が暴走してる。拓巳のせいだからね」

まるで処女みたいだ。

「責任は取るって」

神妙な顔をする。大きな手のひらが、ためらいがちに私の頬に触れた。

私が逃げるのを恐れるような、慎重な手つきだった。長い手足で囲いを作られて、とっくに逃げようがないのに。

骨張った指が頬から顎へと滑り、私の顎を固定する。軽く唇の表面を指先でなぞられたら、ぞくぞくと背中が粟立った。

触れられた場所が、次々に痺れるような熱を帯びていく。

「……っ、ん、ぅ」

ふたたび唇を塞がれたかと思うと、打って変わって強く押し当てられた。

あっというまに思考がさらわれる。

何度も角度を変えて唇が合わさり、思わず漏れた吐息とともにわずかに開いた隙間から、熱い舌が侵入した。

強引で、性急で。

砂糖がたっぷり入ったミルクチョコレートを食べたときみたい。

口内が熱く溶けて、頭の芯が甘く痺れる。

「ふ、うぅ」

顎をつかまれて大きく口を開かされるやいなや、拓巳の舌が私の舌を搦め捕った。

ざらりとした感触とすり合わせられるだけでぞくぞくして、腰の奥にもどかしさが募っていく。

私からもおずおずと拓巳を求めれば、待っていたと言いたげにいっそう強く舌を吸い立てられた。

好き。

拓巳が好き。

捨てきれなかった、拓巳へのたったひとつの恋。自覚したばかりのそれは、キスだけで私の奥から簡単に引きずり出され大きく膨らんでいく。

ふいに上顎の裏をなぞられ、鋭い快感に腰が跳ねた。

「ひぅっ」

「ここ、今も弱いのな」

悲鳴にも似た甘ったるい声が漏れたら、顔を離した拓巳が口角を上げた。

愉悦がにじんだ顔を向けられ、否応なしに顔が火照る。

「今も、って……覚えてなくていいからっ……っ」

「ぜんぶ覚えてるよ、俺は。おまえの可愛いとこも、怒った顔も。どこに触れれば声が甘くなるかも、どうすれば俺にしがみつくかも、覚えてる」

「言わないで……！」

そんなことを言われたら、ますます肌の温度が上がってしまう。

また唇を貪られ、上顎を何度もなぞられるから、私はたまらず、拓巳のシャツから覗く男らしい二の腕にすがりついた。

「拓巳、ふ……ぅん！」

顎から首筋を愛でるように撫でられて、喉が反る。どうしようもない疼きが腰に溜まって、くらくらしてきた。

とろんとした手触りのブラウスに、拓巳の手がかかる。一番上のボタンを外されたとたん、はっとした。

「ダメっ、シャワーがまだだから……！」

「必要ねぇって」

「あるの！　拓巳に汗臭いって思われたくない」

私は必死で厚みのある男の肩を押したけれど、拓巳はなぜか嬉しそうで、離れるどころか覆い被さってきた。

私の肩口に拓巳の頭の重みが乗る。

「好きな匂いだけど？」

「～～～っ、嗅がないでよ拓巳のバカッ」

笑った拓巳に、さらに強く抱きしめられた。胸がきゅうっと甘く鳴る。

けれど、不埒な手は抱きしめるだけじゃ終わってくれない。

脇腹のなだらかな曲線を、拓巳の手が這っていく。ブラウスが胸までたくし上げられた。

「んっ」

ブラに触れられただけで、反射的に身体が跳ねた。

骨張った手が背中に回る。プツッ、というかすかな音とともに胸が締めつけから解放され、まさぐられる。

「ん、ぁ、は……んっ」

「おまえ、胸デカくなった?」

「し、知らないっ……ぁっ!」

鮮やかに色づいて尖った先をつままれ、自分でも信じられないくらい甘ったるい声が漏れた。

拓巳に肌を見せるのはこれが初めてじゃないのに、火を噴きそうなほど恥ずかしい。

「触り心地もよくなってる。やわらかいな」

「そんな比較、要らないからぁ、あぁ……っ!」

唐突に乳首に吸いつかれ、声が甘く上ずった。

「俺たちシてたとき、ほとんど無言だったよな。お互いに余裕なくて」

「そ……だったっけ、覚えてない」

嘘、ほんとうは覚えてる。

お互い初めてだったから、最初は緊張と焦りでもたついてばかりだった。

回数を重ねてからも、覚えているのは仏頂面だけだ。私は私で、そんな拓巳の本心を知るのが怖くていつも顔を歪めてたっけ。

思い返すあいだにも、拓巳の手で胸の形が変えられていく。昔のように欲情だけが前面に出た愛撫ではなく、大切なものを扱うのに似た繊細で優しい触れかた。

かと思えば熱い唇に乳首をしごかれ、舌先で転がされる。拓巳の手足に囲われたまま。

乳首に軽く歯を立てられたら、吐息めいた声が漏れた。

まくり上げられたブラウスのボタンがすべて外され、拓巳の唇が胸の上にも這う。唇のやわらかさをまざまざと感じる。たまらず、拓巳の髪をかきまぜてしまう。

「あっ……ぁっ、あ……」

「そういや、忘れてた」

ふと拓巳が顔を上げ、私の頭の下に手を伸ばす。なに、と思うまもなく、髪をひとつに結わえていたゴムを引き抜かれた。

長い髪が、ベッドの上に広がる。

「頭、痛かっただろ」

「……気づかなかった」

「やっぱまだ、俺たちふたりとも余裕ねぇな」

拓巳がかすかに笑う。

「拓巳はもうすっかり余裕ありそうに見えるけど……」

「十年ぶりにおまえ抱くのに、余裕なんかねぇよ。けど、大事に抱くから」

髪をひと房すくった拓巳が目を細め、指の隙間からさらりとそれを落とす。

耳の上にかかった髪を追いかけるみたいにして、私の耳たぶが拓巳に食べられた。拓巳が私の頭の横に肘をつく。

「んっ」

耳殻を執拗に舐め上げられる。

「ん、ん……っ！」

ぴちゃ、ぴちゃ、と濡れた音が耳を打って、背中が粟立つ。

「ここも弱いままなんだな」

「や、ぁんっ　拓巳っ、あ、ふ——……っ」

耳殻に舌を這わせながら、胸の先を指先でしごくなんて……！　さっきから何度も、鋭い快感が腰の奥に駆け抜けていっている。

それに……拓巳が私のことをまるで極上の絹布を扱うみたいに触れてくるから、胸が甘

く震えてしかたがない。

「一個ずつ、律が昔とどう変わったかたしかめたい」

「そんなっ。人を、実験動物みたいに……！」

「律、ここは？　今どんな気分？」

乳首を熱い唇に含まれ、吸い立てられる。

「あっ、ん、そんなの、気持ちいいしか言えない……っ」

「そんなら、よかった」

タイトスカートをたくし上げられ、羞恥で全身がカッと熱くなった。拓巳がストッキングに指をかけ、一気に引き下ろす。

手のひらが太ももを這い上がって、ショーツの中にもぐりこんだ。

「あっ！　んっ、んっっ――……」

指の腹で陰核を押されたとたん、濡れた声が漏れた。こんな声、恥ずかしくてたまらないのに止められない。

「もう濡れてる。やっぱ律、前より感度上がった？」

「知らな……っ、ぁっ、ん！　あっ、んっっ」

拓巳の指が、私の中に入ってくる。

ゆっくりと抜き差しされ、聞くに堪えない卑猥な水音が弾ける。もう……耳が変になりそう。

なのに私のナカは悦んで、拓巳の指にまとわりつく。締めつける。指でかきまぜられるたび、とろりと愛液が溢れる。

だしぬけに拓巳が指を引き抜いた。

けげんに思ったのもつかのま、ショーツが取り去られて乱れたスカートはそのまま、足を大きく広げさせられる。

「拓巳ぃ……やっ、そこ、舐めないで……っ！　あっ！　んんっっ！」

なんともいえない快感のうねりが起きて、膨らんでいく。気持ちいい……！

さっきキスをした拓巳の唇が、緩急をつけて陰核を食む。舌で押し潰されるたび、腰がくねる。

「舐めないでっつっても……今日はおまえの全部をたしかめたいし無理」

「なに言っ、そこで喋るの、ダメ……っんん！　ん！　ふ……っっ」

舐められると同時にナカにも指を入れられて、官能のうねりはますます大きくなっていく。ぐちゅぐちゅという淫音もさっきよりはっきりと響く。

拓巳が私の秘所に顔をうずめて、音を立てて陰唇をしゃぶる。

「そこ……あっ！　あっ！　同時はダメっ、ああっ！」

長い指と熱い舌が足のあいだでうごめく。そのたびに、こらえきれない声が甘く漏れてしまう。愉悦のうねりがいっそう大きくなる。

別れてから何度も夢に見て泣いた、大好きな幼馴染みの腕の中。

また惹かれる気持ちを認めてしまったら、もう我慢する必要なんてなくて――。

「んっ、ふっ、あぁっ、あ、あ、イッ――……？」

私は目をしばたたき、拓巳を凝視した。

「拓巳……？」

「ごめん。やっぱり……最初みたいなもんだから、指じゃなくて俺でイッて」

手を止めた拓巳が身体を起こし、性急にシャツを脱ぐ。

思わず息をのんだ。

さっきもシャツ越しに感じたけれど、拓巳ってここまで精悍だった？

腕も、胸板も、厚みが増してたくましくて……。

頭がくらくらするのに、目を逸らせない。拓巳がベッドを下りるのも、枕元のサイドチェストからゴムを取り出すのも、いつのまにか目で追っている。

拓巳が入ってくるのはこれが初めてじゃないのに、高校生のあのころさながらドキドキが止まらない。

ベッドに戻った拓巳が、スラックスのベルトのバックルを外す。

拓巳はスラックスを脱ぐのももどかしそうにずり下げると、下着から隆々とした陰茎を取り出した。

「……っ！」

うそ……拓巳のって、こんなに大きかったっけ？

まさか、昔より大きくなった？

なんて、そんなこととても訊けないけれど。つい、見てしまう。

「……そんなに凝視すんなら、律がつけるか？」

「えっ⁉　えっと」

「そんな慌てんなって。冗談」

拓巳は焦る私を見おろして笑い、私にまたがった状態でゴムのパッケージを破った。手早くそれをつける。

「拓巳、今度、いつか…………つけるから」

気がつけば口走っていた。

「あ？」

「私が、つける」

「いいって、嫌なら無理すんな」

「や、別に……嫌じゃないし、したい。拓巳に触りたいし——あっ！　あ……っ」

「おまえのそういうとこ、ほんっとなんなんだよ。クソ可愛いかよ……ッ」

言うが早いか待てないと言わんばかりの勢いで腰を持ち上げられ、足が浮く。舌先で陰核を潰され、駆け抜ける快感にたまらず身をくねらせたとき。

拓巳のモノが私のナカに押し入ってきた。

「んんぅ……！」

目がチカチカした。圧倒的な質量と熱量を持った拓巳の陰茎に、ナカをこじ開けられる。無意識に眉が寄った。

「キツ……律、ひょっとして痛い？」

「う……っ」

小さくうなずくと、拓巳が腰を引こうとする。

「やっ、抜かないで……っ。大丈夫だから……！」

息を乱しながら訴えると、拓巳が止まる。もう一度、今度はひどくゆっくりと入ってくる。

「どれくらい……シてないんだ？」

私はたまらず目元を腕で隠した。

「っ、……十年くらい。ひとりだけ付き合った人がいたけど、うまくいかなかった」

「なんで？」

「…………最中に拓巳の名前呼んじゃって……そこで終わり。最低でしょ、私」

拓巳を忘れるために付き合ったのに、いざ相手を受け入れようというときに頭に浮かんだのは、ほかでもない拓巳だった。

付き合った人には最後まで失礼な女だったと思う。……って、え?

「ねえっ、ちょっ、拓巳、おっきくなってない……!?」

「そりゃそうだろ」

拓巳が熱っぽい目で私を見る。

「そういうの、俺だけだと思ってた。おまえもそうだったたって聞かされたら、めちゃくちゃ嬉しいいし興奮するに決まっててんだろ……ッ」

ひょっとして、拓巳もこの十年のあいだ誰も抱かなかった?

そんなの……っ。

「律こそ、締めつけがめちゃくちゃキツくなったんだけど」

「だって……あっ、あぁ!」

腰をぐいっとつかまれるなり、ひと息に奥まで拓巳が入ってきた。

十年分の欲に濡れた男の目に射貫かれて、頭の芯まで痺れる。激しく腰を打ちつけられれば、足が快感をこらえるかのように突っ張る。

だけど身体は素直で、愛液があふれ伝うのを止められない。

「んっ、ふぅっ、拓巳、あっ、そんなにしないでっ……!」

「無理。どんだけ我慢してきたかわかってんのか？　おまえが俺でイくまで止めねぇから」

「や、も、もう……っ」

ベッドが軋んで、肌のぶつかる音がして、愛液や汗で身体じゅうベトベトで。拓巳のこめかみにも汗が浮かんで。

それらすべてが愛おしくて、胸がきゅんきゅんと音を立てる。

「律。ずっと、この腕におまえを抱きたかった。やっと叶った……」

「拓巳……、拓巳っ……」

かすれた低い声に感極まって、視界が潤む。だけど涙を流すよりはと、私は笑って拓巳の首裏に両手を回した。拓巳が抱きしめ返してくれる。

汗ばんだ身体が吸いつくように拓巳と重なって、体温がまじる。

ぐっと腰を押しつけられる。まるで私をほしいって、切なく訴えているみたい……なんて、浸っている余裕は少しもなかった。

律動が激しさを増し、快感が溜まって膨らんで、つま先にまで満ちて、切羽詰まってくる。もう痛みなんてどこにもない。

拓巳に、もっと奥まできてほしい。もっと深く、離れないように。

「あっ、やぁ、イキそう、イキそう――」

艶を帯びた吐息が何度も漏れてしまう。

拓巳もなにかをこらえるように、顔をしかめる。汗が私の肌に落ちる。

ついさっきまで私よりずっと余裕そうだったのに、今はその表情も手つきも、私のナカを突く動きさえも、切迫していて……。

その顔を見たら、ナカがますます拓巳を締めつけた。

「はっ、は、締めつけんなって……俺も、おまえがよすぎてイキそ……」

「だって、拓巳が……！　あっ、も、あっ、アッ――……ッッ」

ひときわ強く打ちつけられた瞬間、ふわっと全身が浮く感覚がした。目の前が白くかすむ。

ゴム越しに、ぬくもりが広がった。

胸がいっぱいで、腰が震える。つま先までピンと突っ張った一瞬ののち、身体が弛緩していく。私は無意識に止めていた息を大きく吐き出した。

拓巳が頭を起こして出ていこうとする。思わずその腕をつかんだ。

「待って……まだ離れないで」

「律？」

「夢みたいで怖いから。お願い、まだ……」

「おまえってほんと、さっきからエグい」

目をみはった拓巳が、ゆるゆると顔をほころばせる。

ちゅ、と唇が軽く重ねられた。

「あのな。夢みたいだと思ってんのは、俺のほう。おまえと再会したときから、ずっと夢が続いてる」

「……でも、拓巳は私とはあり得ないんだと思ってた」

「っ。あり得ねぇどころか俺、二回もおまえの店に行っ……」

「店？　店って、なんで？　いつ？」

「いや、忘れて。それより、やっぱちょい待ってて。ゴム替える」

それ以上の追及を遮るように、今度こそ拓巳が離れていく。いや待って、今の言葉は聞き捨てならないんだけど！

「待って、終わったよね⁉」

「は？　俺、十年分抱くって言わなかったっけ」

「あれは言葉のあやじゃないの？　それに、スイカが……」

慌てて抗議しても、拓巳は「スイカなんか、あとでいいだろ」とふたつ目のゴムのパッケージを破る。

うそ、ほんとにまたするの？

焦って目が泳ぐうちに、拓巳が戻ってくる。ベッドが軋んだ。

「やっぱ、おまえ抱いて一回では終われねぇわ」

拓巳がいまだに硬く勃ったままのモノに目を落とす。つられて見てしまい顔が熱くなった私の唇が、やんわりと塞がれた。

「バカ……！　そういうのは、収めてくれなきゃ」

「おまえがいるのに？　無理だって」

キスが綿菓子みたいに甘い。向けられる拓巳の声も、表情も、ハチミツのように蕩ける。

私は観念して目を閉じた。

【二章／拓巳】　今度はドロドロに甘やかしたい

焼肉を食べながら律の悩みを聞いた日から数日後、俺は仕事の隙間を縫って律が働く店舗に足を運んだ。

これが二度目だ。

前回は律に会いたくて行ったが、今回は律がいないときを狙った。いたとしても、律はフロア勤務ではないので、今日の目的からすれば差し障りはなかったが。

自動ドアをくぐると、汗ばんだ身体に冷風が吹きつける。目当ての店員が奥で作業中なのを見つけ、彼女に近づいた。

「こんにちは。先日眼鏡を注文した久我ですが」

「あっ！　久我様、いらっしゃいませ！　お待ちしておりました」

仲野が弾んだ声で、いそいそとカウンターから出てこようとする。

俺はそれを遮りカウンターに身を乗り出した。

「注文のときに渡した名刺はどうなりました？　律に渡すと言って、預かってくださいましたよね」

「く、久我様。それより眼鏡のお受け取りは——」

「渡さなかったのな」

ていねいな口調をやめて言うと、仲野の顔が引きつり頬にさっと朱が走った。

「だって律さんって、地味オブ地味な女性ですよ？　久我様みたいに素敵な男性から名刺を渡されるなんて、どう考えてもなにかの間違いじゃないですか」

眼鏡を作ったときもそうだったが、俺に明らかな色目を使ってくる。容姿に自信があるのか知らないが、鬱陶しいだけだ。

だいたい、律を貶した時点で俺としてはアウトだ。胃がムカついて踵を返したくなったが、律はこの女を適切に指導しようと悩んでいる。俺は思いとどまった。

「じゃあ今すぐ名刺を返してくれ。私用電話の番号をあれに書いたが、どこからか情報が漏れたらしい。不審な着信が多くて迷惑してるんだ」

迷惑、の部分を強調したとたん、仲野が青ざめた。やはりこの女か。

番号を書いた名刺を渡して以降、同一の番号から繰り返し着信が入るようになった。相手の都合を考えていないのか、どれも非常識な時間にだ。

かけ返すにしても律ならこんなやりかたはしない。電話の主は別人だと察するのは容易だった。

仲野は怯んだかに見えたが、ややあって冷ややかに口を開いた。

「だって……あたしのほうが律さんより、久我様の求めるものをあげられますよ」

「俺が君に、眼鏡店のスタッフとしての対応以外に、なにか求めた？　君自身が足を掬われる前に、傲慢な態度はあらためたほうがいい。これまで君がそのことに気づかずにいられたのは、君が下に見る相手が、陰で君を許してくれたからだ」

開き直った仲野に、自分でもどうかと思うほど冷えた声が出た。仲野が肩を震わせ、逃げ道を探すように目を泳がせる。

ひとりよがりの行動は短慮で子どもじみている上、自信過剰で自分の非を認められない厄介な社員。と、俺は自社の部下を見るのと同様の目で評価する。

とはいっても社会人としてまだ若い。

焼肉のとき、律はこの社員の美点を挙げては、能力を伸ばすための指導を真剣に考えていた。

「律は、君は流行りを絡めたセールストークがうまい、と褒めていた。特に若い女性への接客には自分も見習うところがある、ってな」

話の流れが変わったからか、仲野が虚を突かれた顔をした。

「少なくとも律は、君の失敗も含めて君を評価しているし、期待もしている。サポートしようとしている。そのことを知ったほうがいい」

言いたいことは言った。だが帰ろうとする俺を、仲野が呼び止めた。

「久我さんは律さんとはどういう……？」

「俺、あいつの婚約者」

「うそ……いくら婚約者でも、わざわざ職場まで来て人間関係に口を出します？　ふつう、そこまでしませんよ。久我さん、おかしくないですか？」

「だから？　それのなにが悪いんだ？」

言える言葉を口にして、甘やかしてなにが悪い。あとで後悔するよりマシだ。

われながら白々とした返事に仲野が唖然としたが、律以外の女にどう思われようと砂粒ほども気にならない。

「今日俺が来たことは、律には黙ってて」

これで、律の仕事や後輩との関係に改善があればいい。

表へ出たとたん暴力的な日差しに吹きだした汗を拭きつつ、俺は深々と息を吐いた。


律の預かり知らぬところでそんなやりとりをした数日後。約十年ぶりにこの腕に律を抱いた俺は、耳を疑った。

「――でも、拓巳は私とはあり得ないんだと思ってた」

いや、おまえこそ俺なんか目に入ってなかっただろ。

昔、おまえの目に特別なものとして映ってたのは、博巳だったんだろ。

俺は博巳と顔かたちだけはそっくりな、二番手だったんだろ。

勉強でもスポーツでも、人当たりのよさでも、俺が博巳に勝てたことは一度もなかったから。

だからおまえがこの婚約を受けたのは、二番手が繰り上がっただけなんだろ？

今にもそう口から出かかって、俺はすんでのところでのみこんだ。代わりに違う言葉を
口にする。

「あり得ねぇどころか俺、二回もおまえの店に行っ……」

「店？　店って、なんで？　いつ？」

しまった。

律に会いたくて行った初回はともかく、二度目のことは積極的に口にできる話じゃない。

俺が陰で仲野にヤキを入れたと知ったら、律はよけいなお世話だと怒りそうだ。いや、
律は生真面目だから、むしろ申し訳なさを感じるかもしれない。

ああせずにはいられなかったとはいえ、律にどう思われるかと思うとひやりとする。

「いや、忘れて。それより、やっぱちょい待ってて。ゴム替える」

律の視線をかわすようにしてベッドを下り、ゴムをつけ替える。

自分でも子どもじみているとわかっているが、どうしてもその感情を拭い去れない。

こんなダサい感情、律には気づかれたくない。

なにより俺自身が、今はそのことを考えたくなかった。俺は、湧きあがりかけた感情に蓋をして、ゴムをつける。

律が焦った声で俺を引き止めるが、その顔には紛れもない恥じらいも浮かんでいる。嫌がっている様子はなくて、つい表情がゆるむ。

律が、今は俺を好きだと言ってくれてる。

それだけでいい。過去は過去だ。

それに律のいない十年を経た今、もう手放す気はさらさらない。

だからただ今は、律を甘やかして俺に溺れさせたい。

律の思考を奪おうとキスを繰り返す。最初は食むように。しだいに、貪るように。

「んっ……拓巳……」

律が俺を受け入れてうっとりと目を閉じる。どうにも制御のしようのない感情が膨れ上がる。

「拓巳、そばにいてね」

「俺も――」

俺が「好き」なんて生やさしい感情だけではすまないものを抱えているなんて、律は知らないけど。

それでいい。

博巳に対する劣等感と嫉妬と、律へのほの暗い独占欲で、吐きそうになってる俺なんか……律は知らなくていい。

知ってほしくない。

「おまえだけは、誰にもやりたくねぇわ」

「バカ」とはにかむ律のやわらかな肢体を、俺は二度と離さない勢いで抱き寄せた。

三章　言葉にするのが先でした

「ネクタイ取って」

そう言われて、私はお帰りなさいと出迎えた玄関でぴたりと足を止めた。

「……なにもしない？」

靴を脱いで廊下に上がった仕事帰りの拓巳を、疑いをこめて上目遣いで見る。

九月も終盤になって過ごしやすくなったからか、夏場はシャツ一枚だった拓巳もジャケット姿だ。今日はネイビーのピンストライプ。

拓巳は涼しげな目元をわずかも崩さないまま言う。

「なに、って？　なにを想像したんだ？」

「～～～拓巳ってそういうとこあるよね。しかも、そのぜんっぜん動揺しない平然とした感じ！　私だけがうろたえてて恥ずかしい」

「だっておまえのそういう顔が見たいし。なあ、早く取ってくれよ」

しれっと言うのが、拓巳の腹の立つところ。顔色ひとつ変わらない。

でも私は騙されない。この前同様に言われたときは、そのまま寝室に連れこまれたんだから……！

約十年ぶりに抱かれてから、私の寝室は拓巳の寝室とイコールになった。

拓巳の隣は心地よくて、今ではもうひとりで寝るなんて考えられない。たとえ……毎晩のように身体じゅうを暴かれても。

とはいえそれはそれ、これはこれ。夕食の準備もできているんだから、ぜったいにこの前の轍(てつ)は踏まない。

私は気を引き締めて、ダークグリーンが落ち着いた印象の小紋柄ネクタイに手を伸ばす。

たとえ拓巳が信じられないほど甘やかな目で私を見ても、セクシーな喉元をゆっくりと上下させても、心を揺らすもんか……！

「もう風呂入ったのな。いい匂いがする」

「うん、今日は早かったから……って、やだ、匂い嗅がないで」

私の首筋に顔を寄せてくる拓巳を、私はのけぞって回避する。

「旨そうな匂いもする。チーズ？」

「うん、今日は夏野菜と鶏肉のグラタンだよ。拓巳の好きなアボカド入り」

言いながら、湿り気の残った私の髪に顔をうずめ始めた拓巳を、ぐいぐいと押し返す。

これではネクタイを外すどころじゃない。

「やった、おまえ最高だな」

「わかった、わかったから顔どけて……んっ」

耳の下、皮膚の薄い部分にちう、と吸いつかれ、思わず吐息が鼻から抜けた。

「律……」

「んんっ！」

艶っぽい声を耳に直接吹きこまれ、また薄い唇が私の肌を吸い立てる。

喉が反ったとき、今度は鎖骨の上辺りに軽く歯を立てられた。

「おまえほんと旨そう」

「んっ……ダメっ、もうすぐグラタンできる……」

「じゃあ、それまで」

気がつけば私は廊下の壁に押しつけられ、拓巳の両腕のあいだに囲われていた。いつのまに……！

「ネクタイが外れるまでな」

「そん、な、こんなところでなんて……あっ、んっ」

抗議の声がキスによって奪われると、あとはもう頭の芯が痺れて拓巳のなすがまま。

ネクタイを握っていたはずの手も、いつのまにか拓巳の首にすがりついてる。

「そのわりに、気持ちよさそうじゃん」

「だって……んっ、んん」

拓巳のキスは媚薬みたいだ。

軽く唇を触れ合わせているだけで、頭がぼうっとしてくる。

舌を入れられれば、たちまち目が潤んだ。音を立てて唾液を絡ませられたらもう、吐息も艶めいていくばかり。

頭のうしろに手を固定されると、私も一心に拓巳を求めてしまう。

「や、待って……」

「待たない」

ふたたび私の唇を塞ぐと、拓巳の手がシャツワンピースタイプのパジャマを着た私の腰をゆっくりと撫でる。

その手がパジャマの裾から潜りこんで、ショーツの際をなぞった。

「ふぅっ……！」

指先が私の肌に忍びこむ。粘ついた水音がした。

「律、ここ濡れてる。やらしいんだけど」

「っ！　拓巳がそうしたんでしょ……っっん」

ぬかるんだ秘裂から、指が入ってくる。一本……二本。ぞくぞくして、短い息が漏れた。

「それ、褒め言葉？」

「違っ」

膝が小刻みに震えだす。身体を支えていられなくなって膝が崩れかけた瞬間、奥まで指が突き刺さった。

「はあっ……！　あっ、あっ」

拓巳に腰を抱えられたおかげで崩れ落ちるのは防げたけれど、骨張った指の動きはますます激しくなる。

ショーツで受け止めきれないほど濡れてるのが、自分でもわかる……！

「拓巳ぃ、やだ、待って、早いっ」

「でもおまえ、激しいの好きそうだけど？　ここ、やばいくらい溢れてるし」

「あっ……や、舐めないでっ、あっ！」

片足を深く折り曲げられた私の前に、拓巳が身を屈める。陰核を舌で転がされ、私は大きく喘いだ。

「俺のことほしい？」

「ふぅっ、あっ、あっ……」

「なあ律、俺がほしいか？」

ナカを押し広げるようにかきまぜられ、ひときわ感じる場所を責め立てられる。同時に舌で陰核をねっとりとこねられたら、ひとたまりもない。

気持ちよすぎて、返事どころじゃない。

甘く執拗な責め苦になすすべもない……のに。

「あっ、拓巳、はあっ、んっ、もう、ん――……っ?」

「ほしがらなきゃ、イかせない」

愛撫を止められ、もどかしさがせり上がった。

「やっ、また焦らすの……?」

つい恨みがましい声が口をついた。

もう何度もセックスしたけれど、そのたびに拓巳は私を限界まで焦らす。

昂らせて快感に溺れさせせて、私をどうしようもなく切なくさせるくせに……なかなか入れてくれない。

だから今もまた、ナカに埋められたままの拓巳の指に動いてとねだるみたいに、媚肉が痙攣する。

締めつける。

「やだ拓巳、やめないで……っ」

「ほしいか?」

私を試すような目。ぞくりとする。

でも今、切なそうに顔を歪めた……？

「どうなんだよ？」

訊かないで。わかってるくせに、お願いだから。

私は半分、涙目になりながら拓巳に乞う。

「もう、焦らさないで……っ」

拓巳が表情をやわらげて、指を抜く。

愛液で濡れそぼった指先を私の目の前でこれ見よがしに舐めると、拓巳はスラックスのポケットからゴムのパッケージを取り出した。

疑問が顔に出ていたのか、拓巳が私を見て笑う。

「入れておいたのが役に立ったよな」

スラックスが引き下ろされ、起ち上がった陰茎が現れる。ひどく淫猥な光景に息をのんだ。

この瞬間は、いまだに恥ずかしい。なのに目が吸い寄せられる。拓巳のソレが入ってくるのを今か今かと待ってしまう。

それでも拓巳はゴムを被せたソレを私には入れず、代わりにシャツワンピースの前をはだけた。

ナイトブラをずらされ、まろび出た胸に吸いつく。やわらかな肌にかすかな痛みが走った。

「ぁ、や、ぁあ……拓巳、それより……ぁ、ふぅ」

また焦らされて、頭が変になりそう。

「やめる？　おまえがネクタイ外してくれたら、やめるけど？」

胸に吸いついていた拓巳が顔を上げ、ネクタイをゆるめる。扇情的な仕草に鼓動が騒ぐ。

「そうじゃなくて……お願い、拓巳ぃ……」

空洞になった寂しさを訴えるように、ナカが痙攣する。拓巳がほしいのに、一向に与えてもらえないもどかしさ。

拓巳をもう一度知ってしまった身体は、寂しがり屋になった。拓巳とくっついていたくてたまらない。

高校のときは、ふたりとも余裕がなかったことを別にしても……焦らされたことなんてなかったのに。

私は今日も涙目で懇願する。

「拓巳がほしい……！」

ほっとしたらしい、満足げな笑みが広がって、胸が切なくなるほど甘いキスが与えられ——やっと、拓巳が入ってきた。

数日後。確認してもらいたい書類を持って店長を探しに一階へ下りると、ちょうどフロアでお客様を見送ったばかりの仲野さんと目が合った。

仲野さんが目礼してやってくる。

「店長なら外出中です。戻られたら、内線入れますよ」

「わかった。じゃあまたあとで……」

それならいったん事務所に戻ろうと引き返しかけた私は、仲野さんに呼び止められた。

「これを、律さんに」

渡されたものを見て、びっくりした。

拓巳の名前が書かれた名刺だ。なんでこんなものが、仲野さんの手元に?

「律さんが婚活パーティーに参加したこと、あったじゃないですか。あの少し前に、いらっしゃって」

「拓……久我様が?」

「あの人、恋人なんですよね。知ってますから、律さんは普段の呼び方でいいですよ。律さんに渡すために預かってたんですけど、渡すのが遅くなりました」

手にした名刺を凝視する。裏を返すと、拓巳のプライベートの番号が手書きで添えられていた。

拓巳が店に来たのは、私と再会した直後らしい。

再会したとき、勤務先の話はしてなかったはずだけど。そういえばあの日は店の紙袋を手にしていたから、それでわかったのかもしれない。

「でも……あれ、なんで私が拓巳と付き合ってること知ってるの？」

「久我さん自身がそうおっしゃいましたよ」

「でも、そのときって、まだ付き合ってなかったけど……」

あっ、と仲野さんが両手を口元に当てた。しまったという顔をする。

「仲野さん？」

「その……口止めされてたんですけど、久我さんもう一度来たんです。そのときに聞きました」

「なんで口止めなんか……」

「私も知りませんよ！　とにかく、ちゃんと律さんに渡しましたからね！」

仲野さんは妙に早口で言うと、頭を下げて早足でフロアに戻りかける。ところが思い出したように引き返してきた。

「そうそう、律さん。首のうしろ気をつけてくださいね。見えてますよ」

「へ？」

「キスマーク」

「っ!?」

私は慌てて首裏を手で隠す。拓巳ってば、いつのまに……!

職場の後輩に見られるなんて、いたたまれない。私はひとつにまとめていた髪を解く。

「彼女の職場まで来てフォローしたり、後輩に釘を刺したりするとか……いくら律さんしか見えてないからってやりすぎじゃないですか？　ぶっちゃけ、イラッとしました」

「へっ？　なんの話……」

「律さんって、実は魔性の女なんですか？」

前よりも仲野さんの口調に遠慮がなくなったような。でも、むしろ近づきやすくなったと思うのは気のせいかな。

フロアに戻る仲野さんを目で追った私は、手元に残った拓巳の名刺に目を落とした。

でも、なぜ名刺のことも二度の来店のことも、私に黙ってたんだろう。なんの用事だったんだろう。

「律さんしか見えてない」という言葉に胸が疼く。

——それにセックスのときも私ばかり求めているみたいで、なんだか……。

もやもやしたものを抱えながら事務所の自席に戻ると、端に置いていた私用のスマホがメッセージを受信するのが目に入った。チャットアプリのポップアップ通知だ。

【婚約者とはその後どう？　寝たかしら？　今度、紹介してほしいわ】

真由子さんだ。あけすけな文面に顔が熱くなりつつ、適当な返事が思いつかない。ようやく返信を送ったのは、終業後だった。

【寝ましたが、よけいに彼のことがわからなくなりました】

拓巳は昔からそっけなかったし、表情の変化も乏しいから、考えが読めないところはある。それでも再会後は、以前より気持ちを言葉で示してくれるようになった気がしていたから、告げられない心の奥がなおさら気にかかる。

キスマークも二度の来店も嬉しく思う一方で、それらを話してくれなかったことに引っかかってしまう。

——だってもし、拓巳が昔みたいに私に対して我慢してるとしたら……。

【わからないなら訊きなさいな。それでお互いに、言いたいことを言うの】

悶々としていた私は、真由子さんからの返信にはっとした。

わからないなんて言いながら、私はどこかで拓巳の内心をはっきり知るのを怖がっていただけ。

そして同時に気づく。怖がるあまり、私自身も大切なことをきちんと言葉にしていなかった……。

「やだな、もう……十年前の二の舞になるところだった」

そんなことにも気づかないほど、頭が拓巳でいっぱいになっているなんて。

拓巳に電話をかける。そのコール音を聞きながら、足は勝手に走りだしていた。


息を切らせて拓巳の会社が入るビルの自動ドアをくぐると、ちょうど拓巳が一階の受付から出てきたところだった。

開放感のあるロビーを拓巳へと駆け寄る。気づいた拓巳が目を丸くした。

「拓巳！　よかった、いた！」

「律？　どうしたんだ？　仕事は終わったのか」

「うん、それで電話したけど繋がらなかったから……」

言いかけて口ごもった。帰宅のために下りてきた社員や、受付の女性社員からの視線が刺さる。あからさまな好奇心と見え隠れするわずかな嫉妬に、たじろぐ。

思えば彼女たちにしてみれば拓巳は親会社の創業者の息子で、しかもとびきりの美貌を持つ若き役員。婚約の件を社員が知っているのかはわからないけれど、注目されるのも当たり前なんだろう。

伝えようと決意していたときの勢いが、みるみるしぼんでいく。拓巳がスマホを出して私の着信を確認した。

「悪い、ついさっきまで会議だった。急用か？」

「や、急用ってほどでは……仕事の邪魔してごめん」

「いや、帰るところだったから。つぅか、すれ違いにならずにすんでよかったな。車、乗ってくだろ？」

拓巳がハチミツのようにとろりとした目をして、私の腰にさりげなく手を回す。盛大に心臓が跳ね、うなずく仕草がぎこちなくなった。

向けられる視線が痛い……けど、拓巳は平然として私を連れてビルを出た。

女性の視線には慣れてるのかな、なんて要らないことを考えそうになり、慌ててその思考を頭から追い払う。

「あれ、車は地下じゃないの？」

「直接地下に行けない仕組みになってんの。防犯上の理由ってやつ」

いよいよ秋めいてきた夜風が、肌をさらりと撫でる。

けれど腰に添えられた手が気になって、私の体温は上がる一方で。

言わなきゃという緊張もあいまって、鼓動が暴走を始めた。

「あのさ、拓巳。話があって――」

「ん？　ああそうだ、車乗る前にコンビニ寄るわ」

「あ、うん」

切りだしそびれ、私は黙って拓巳についてビルから徒歩二分のコンビニに入る。頭がパンクしそう……！

今どき、高校生でもここまで不器用じゃないかもしれない。

ましてアラサーの大人が、結婚する予定の相手にひと言伝えるだけのことで、こんなに緊張するなんて。情けない。

どうすれば自然に、大ごとにならない感じで伝えられるんだっけ？

「ひゃあっ!?」

ぼんやり考えていた私は、頬に押し当てられた冷たい感触に変な声を上げてしまった。

いつのまにか買い物を終えた拓巳が、喉を鳴らして笑う。

その手には赤い紙箱がなじみ深い、チョコレートでコーティングされた六個入りのひと口アイス。

拓巳やひろくんと過ごした夏が、脳裏によみがえった。

「ほい、おまえこれ好きだっただろ。まあ、季節外れっちゃ季節外れだけどな」

「……ありがと。拓巳、よく覚えてるね。私なんてすっかり忘れてたよ」

火照った身体にはちょうどいいかもしれない。

コンビニの前で箱を開け、添付のピックをアイスに刺すと、隣の拓巳がねだるように顔を寄せてくる。

「俺にも」

「昔を思い出すなぁ。拓巳とひろくんが、ふたりそろって口開けてねだったの。ひろくんに先にあげると拓巳が拗ねて、拓巳に先にあげるとひろくんが笑うの」

「……拗ねてねぇよ」

声が硬くなった。こころなしか憤慨した様子なのが可愛い。会社役員も務めるほどの大人に向かって「可愛い」は、変かもしれないけれど。

ピックごと拓巳の口元に持っていくと、拓巳が私の手をつかんでアイスを口に運ぶ。アイスの箱を持っていたせいか、拓巳の手はひんやりとしていた。

拓巳がアイスを咀嚼して飲みこむ。

たったそれだけの仕草に目が吸い寄せられて、にわかに鼓動が激しくなる。

伝えようと決めていた話のことを考えると、ますます心臓が騒ぎだした。今にも口から飛び出そう……！

「今日、会社まで行ったのはね、拓巳に伝えたいことがあったからなんだけど……」

瞬間、私をつかんだ拓巳の手が強張った。

「……なに？」

声も険しい。つかんだ手に力がこもって、私はその手を下ろせなくなった。

どうしよう、今の今まで気を許してくれた様子だったのになにが……？

でも怖じ気づいてる場合じゃない。私が手を軽く引き抜くと、拓巳は表情を無くして手を離した。

なんでそんな顔になるの？

「拓巳」

「待った。ちょっと今、無理。とりあえず、それ食べて。あとは家で聞くから」

「え、でもすぐ終わる――」

「だから待てって。聞くから、心の準備だけさせてくれよ」

拓巳が口を引き結ぶ。

私はしかたなく、そそくさと残りのアイスを口に入れた。懐かしいアイスだけど、味なんてもうよくわからなかった。

帰宅してエプロンをつけ、冷蔵庫の余り物を使って簡単な夕食にする。

今日は、卵とわかめのお味噌汁に野菜炒め、副菜はしらすと大根おろし、大葉をのせた冷奴。

どれも大した手間ではなかったから、先にシャワーを浴びた拓巳には大根をおろし金ですってもらう。ほかは私が作った。

食事のころには拓巳の様子も普段に戻っていた。

私はこっそり安堵の息をつきながら、テーブルの向かいで美味しそうに食べる拓巳の様子を観察する。

「律って、あるもので手際よく作るのうまいよな。俺には無理だわ」

「適当に組み合わせるだけだから、慣れれば拓巳もできるって」

「そうか？」

「そうよ。でも私は、拓巳が気合いを入れて作ってくれたご飯が好きだな。この前のホットサンドは最高だった」

「さりげなくハードル上げてきたな」

「へへ、また作ってほしいからね」

「作る機会、あんの？」

「え？」

お味噌汁に口をつけかけた私は、拓巳の声音が鋭くなったのに気づいてお椀をテーブルに置いた。

拓巳は淡々と冷奴を切り分けて口に運んでから、静かに箸を下ろす。

「やっぱりこの生活をやめたいって、言う気なのかと思ってたけど」

「え……？」

あまりにも予想外な発言に、私は目をしばたたいた。

「それ、暴投じゃない？　まさかだよ」

「おまえ、思いつめた顔だったからてっきりそうかと……え、早とちりかよ」

「ひょっとしてそれで、『聞きたくない』って言ったの？」

拓巳が気まずそうに横を向いて咳払いした。返事がないのが返事に違いない。

驚きのあまり笑ってしまい、その拍子に、なぜか涙が零れてしまった。

「ぜんぜん違うから。そんなんじゃなくて、ただ……拓巳に好きって伝えたかっただけ」

「……は？」

焦って手の甲で目元を拭う私にティッシュ箱を渡そうとした拓巳が、硬直した。目をみはっている。

「今さらなんだけど、ちゃんと言葉にして伝えてなかったことに気づいて……それで」

荒々しく椅子を引く音がしたけれど、私は年甲斐もなくいっぱいいっぱいで顔を上げられない。

「早く伝えようと思って……わっ、拓巳!?」

視界が塞がれるなり、いつのまにか私の席まで来た拓巳の胸に、頭が押し当てられた。

シャワーを浴びた拓巳からは、ほんのりとシャンプーの匂いがする。って、私はシャワーもまだだから、落ちたマスカラが拓巳のTシャツについちゃう！

焦って拓巳の腕から抜け出ようとするけれど、拓巳は離してくれない。それどころかぎゅうぎゅうと強く抱きしめられた。

「それ、この期に及んで『いい人』だって意味なら冷めるわ」

「違うから。拓巳にしか言わない種類の好き、なんだけど……伝わった？」

思いきって顔を上げる。

拓巳が息をのむ気配がした。

切なそうな目がまたたく。笑みが広がったのは、それからだった。

「俺いま、めちゃくちゃ嬉しいわ………」

「え、でも口にしてなかっただけで、私がそう思ってることくらい気づいてたよね？」

「強引に婚約しておいて、好意を持ってもらえると思うほど都合のいい思考はしてねぇって」

拓巳が苦笑する。だけど切れ長の目は今にも蕩けそう。

胸の奥が甘く痺れてしまう。

「そ、そっか。でも……もう、都合のいい思考をしていいよ」

「それはかえって都合悪いわ」

「なんで」

「止まれなくなるから」

顔をしかめた拓巳が頭を屈める。

顎を親指ですくい上げられて、私は椅子の上で思いきり伸びあがる。羽根で触れるようなキスを受け止めた。

しだいに深くなっていく拓巳のキスはこれまでよりていねいで、口内の隅々まで味わうよう。

そのせいで、拓巳の唇の弾力も舌先の熱さもまざまざと感じ取ってしまう。

頭がぼうっとしてくる。

拓巳の手が私の背から腰をなぞり、引き出したブラウスの下に潜りこんだ。

「ちょっ、まだ食べてるんだけど！」

「こっち食べたい」

「でもっ、それにしたってシャワーもまだ……んっ」

ブラが外され、大きな手でおっぱいを揉まれる。拓巳が突起の周りを指先でなぞり、起ちあがったそれをつまむ。気持ちいいのに、もどかしくて切ない。

私は喘ぎながら、拓巳の腕をつかんだ。

「ダメ、待って。まだ話も終わってな……」

「俺、律がめちゃくちゃ好きなんだよな」

ごく自然に言われたから、思わず息をのんだ。

ぶわり、と一気に頬が熱くなる。

「だからおまえが俺を選んだこと、ぜったい後悔させせない」

選ぶ？

浮かんだ疑問は快感でかき消される。でも、これだけは訊かないと。

「拓巳っ、ほんと、待って……！　ねえ、拓巳、私に言ってないことあるでしょ……」

拓巳が手を止める。今、ぎくりとした？　どうして。

私ははだけたブラウスを、胸を隠すように寄せる。

「私が働いてる店に来たんだって？　二回も。言ってくれたらよかったのに」

「……なんだ、そっちか」

拓巳が小さく息をついて目を逸らす。

「なに？」

「いや、別に。……けっきょく船上でおまえに再会できたから、一度目のことは言うほどでもねぇかと思って。二度目はその……」

「『彼女の職場まで来てフォローしたり、後輩に釘を刺したり』？」

「なんだ、知ってるのかよ」

「ううん、仲野さんがそう言ってただけ。拓巳、なにしたの？」

「名刺を返してもらおうとしただけだって」

「仲野さんの話では、そんな感じじゃなかったけどな」

首をひねるけれど、拓巳は微妙に目を逸らしたまま。そっけない。

私はここで引き下がるものかと、さらに畳みかけた。

「そしたら仲野さんが、拓巳は私しか見えてないって。……そうなの？」

「あのな」と嘆息しながら拓巳が私の目を見た。

「いま俺、おまえがめちゃくちゃ好きって言ったよな？　答え言ったようなもんだろ」

「でも、聞きたい」

「……そうだよ。おまえが誰を見てきたとしても、俺はずっとおまえしか見てねぇよ」

「っ……！」

きゅうっと、胸が切ない音を鳴らして。

私は弾かれたように腰を浮かす。勢いのまま、つま先立って拓巳の首に腕を回した。

「私も、拓巳だけだから。覚えてて……」

「つまり？」

「私たち両思いだから……って、いい大人がこんなふうに言うのはなんか変かな――」

壊れるかと思う強さで抱きすくめられ、荒々しいキスを浴びた。身体の芯がたちまち熱を帯びて、私も強く抱きしめ返す。

「今すぐおまえがほしい、ダメか？」

「でもご飯……っ、それに私はシャワーだってまだでっ」

「じゃあシャワーにするか」

ほっと胸を撫でおろした私は、次の瞬間ぎょっとした。

この歳になって横抱きにされるなんて、いたたまれないんだけど……！

「ちょ、下ろしてっ」

「一緒に入れば、おまえもシャワーを浴びられるしちょうどいいだろ」

「ちょうどいいってなに!?　そういうことじゃないし、恥ずかしいってば……っ」

「俺も、待てねぇし」

絶句した私を抱えたまま、拓巳がすたすたと浴室に向かう。

服も脱がず、広くて明るい浴室に放りこまれた。すかさず拓巳が後ろ手にドアを閉める。

「えっ!?　待っ、服、服脱がなきゃ。っていうか拓巳も出て、濡れちゃう――」

焦って浴室を出ようとする腕を引かれる。拓巳は私をつかんだままシャワーの栓をひねった。

シャワーの音とともに湯気が満ちたときには、ふたりともずぶ濡れになっていた。

拓巳のTシャツが濡れ、筋肉質な肌に貼りついている。

厚みのある身体の思わぬ色気に、胸が早鐘を打った。

「おまえって、けっこうエロい身体してるよな」

「へ⁉　ちょっ、見ないで！」

　私の濡れた肌に貼りついたブラウスから、外されたブラの線が透けて見えている。私は慌てて両腕で胸をかき抱いた。

「なんで。明るいほうがよく見えるだろ」

「こんな明るいとこ、やだって」

「それが恥ずかしいって言ってんの……！」

　声を荒らげた私は、薄い布越しに胸を揉まれてあられもない声を上げた。

「あっ！　……あっ、ふぅ、あ、あぁ」

「そんなら、このまま脱がずにするか？」

　シャワーの音が耳を打つ。布越しに乳首をしごかれ、反射的に喉が反る。

　絶え間ない刺激は布越しのせいで緩慢で、身体が勝手にくねってしまう。

　さっきも胸だけ触られたから、とっくに身体の奥に火が灯っている。くすぶって、また燃えるのを待つ焚き火のよう。

　早く。もっとたしかな刺激がほしい……っ。

「俺は律の全部を見たいけど、嫌なら」

「待って。……脱がせて。このままにしないで……」

　ブラウスのボタンが外され、たくし上げられる。

鮮やかに色づいた乳首を、拓巳が音を立てて吸った。下半身に甘く鋭い電流が走って、艶を帯びたため息が漏れる。

濡れた肌を這うようにして、拓巳がブラウスの袖を抜く。ブラも肩から抜かれ、水を吸って重くなったそれらが浴室の床に落ちた。

スカートにも手を這わせられ、私は思わず拓巳の手を押さえる。

「拓巳も脱いで……」

ぴたりと貼りついたTシャツに手をかけ、拓巳が頭を屈めると同時に袖を抜く。寝室で見たときより何倍もセクシーな身体が目に飛びこんだ。

これは目の毒というものでは……！

たまらず目を逸らすと、ふたたび胸に吸いつかれた。揺さぶるように強く揉まれ、舌で犯される。

「あっ、あ、ぁ」

「律の声、めちゃくちゃ響くな」

「言わない……ぁん！」

唾液を絡めてきつく吸われたとたん、腰が大きくしなって力が抜けた。床にへたりこむ直前、拓巳が私の腰を抱いて壁にもたれさせてくれる。

「こっちも脱がすぞ」

私の前に膝をついた拓巳が、ずぶ濡れになったタイトスカートのファスナーを下ろす。ストッキングと一緒に引き抜くと、そのまま私の足先に唇を這わせた。

「そこはダメ！　まだ洗ってない……っ」

「そうだった。洗わなきゃな」

濡れたショーツ一枚の姿で座りこむ私に笑い、拓巳がボディソープを泡立てる。恥ずかしいのに、息をつめて見守ってしまう。

拓巳が私の足を持ち上げる。これ見よがしに泡をつま先に塗りこめられると、くすぐったさと痺れるような愉悦が足先から駆け上がった。

甘ったるい声が口をつき、思わず後ろ手をつく。

「拓巳、それダメぇ……！」

「おまえ、こんなとこも敏感なの？　それは初めて知った」

「あっ、あぁ、ふぅん」

足指のあいだを指でくすぐられるたび、気持ちよさが募っていく。ショーツの中がじっとりと濡れていくのがわかる。シャワーじゃなく、私の愛液で。

拓巳はもう一方の足も同様に洗うと、泡をつけた手をふくらはぎから膝へと這わせる。円を描くように膝頭を撫で、太ももをなぞる。

でもその奥には行かずに、泡を追加して私の首筋から手、そして鎖骨の窪みから下へと泡をまとわせていく。

　ていねいで優しい動き。私だけが余裕もなく喘いでいるのが恥ずかしい。私も泡を手に取ると、拓巳の胸に広げた。

　は、と拓巳の息が漏れた。

「拓巳、気持ちいい？」

「ああ……下が、もうやばい」

　拓巳がスウェットの部屋着とボクサーパンツを脱ぐ。私は息をのんだ。明るい場所だと、ソレがこれまでより暴力的に見える……！

　洗う手が止まってしまった私の頬が、そっと撫でられる。

　引き合うように唇が重なったとき、ショーツ越しに陰茎の荒々しい熱を感じた。

「しくった。ゴム、置いてきたわ……挿れるのはあとな」

　腰が浮くと同時に、ショーツが下ろされる。

　あぐらを掻いた拓巳の上に座らされると、拓巳が腰をゆるゆると動かし始めた。

「ん、んぅ、ああっ」

「ここは泡つけてねぇはずなのに、ぬるぬるする」

　拓巳のモノが私のあそこにこすれる。硬くなった芯がそのたびに押し潰されて、快感が膨らんでいく。恥ずかしいのに、嬌声が止まらない。

「う、あっ、っう」

「おまえほんと可愛いのな。昔もそうだったけど、抱いてるだけで頭が変になる」

絶句した私に拓巳が口の端で笑って、腰の動きを激しくする。

こんなに甘く……笑う人だった？

腰をつかむ大きな手のひらの熱や、拓巳の太ももの硬さにすら、肌が快感を拾って痺れていく。

こすれ合った場所ははしたないほどびしょ濡れで、シャワーの音とは違う水音が響き渡った。

「はあっ、はあっ、ふぅ……っ」

「なんか今日のおまえ、敏感？　入れてないのに、すげぇ濡れてる」

「やっ、そういうこと言わないで……！」

図星を指されてぎくりとした。いつもより濡れているのは、紛れもない事実。

心あたりもないわけじゃなくて。

「それは、拓巳が強引だか、ら」

「あれ？　おまえ、激しいほうが好きだっけ」

「違っ！　そうじゃなくて……求められてる感じ、するから」

私ばかり求めさせられる愛撫じゃなくて、拓巳が一緒に気持ちよくなろうとしてくれてるのがわかるから。

だから、すごく……感じてしまう。

「俺はいつだって、おまえがほしくてたまんねぇよ。今もぶっちゃけ、入れたくて頭おかしくなってる」

ナカがいっそう収縮するのがわかった。肌の重なる音が激しさを増す。

もう……たまらなくなっていく。

ひとりだけ絶頂する不安で拓巳にすがりつくと、かすれた声で耳打ちされた。

「イキそう？　このまま、おまえがイくとこ見せて」

ぞくりとした。

「あっ、拓巳ぃ、たくみ、も」

「ああ、一緒にイくから。焦らさねぇから、な？」

「あんっ、ぜったい、だから、あ、ああっ、あっ――……！」

言い終わる前につま先まで突っ張って、またたくまに頭が真っ白になった。

ナカに入れられたのでもないのに、気持ちよすぎる……！

「はっ……」

拓巳が切なそうに息を吐き、お腹にぬくもりがぶちまけられた。あふれた愛液が拓巳を濡らす。

強く抱きしめ合えば、拓巳の熱情が私の中に染みこんでくるようで……。

快感がいつまでもあとを引いて、なかなか熱が冷めなかった。


「――なあ、俺らデートしない？」

十月初めの、晴れ渡った休日の朝。ふたりで焼いたパンケーキを一心に口に運んでいた私は、驚いて手を止めた。

「え、デート……？」

「そ。俺ら結婚するのに、デートもしてねぇなと思って」

「わ、私……この前の買い物もデートだと思ってたんだけど……？」

引っ越した当初は、いつ婚約解消するかわからないと思っていたから、あまり部屋にものを置かないようにしていた。

でも最近は、休日には何度か買い物に出かけていたのだ。

パンケーキを載せたプレート皿にも描かれた、黄色と青の華やかな模様の揃いの食器とか。リビングの差し色になりそうなソファ用のクッションとか。

調理器具もそう。思いきってホウロウ製の大鍋や、フライパンを買い足した。

それらの買い物は私にとってじゅうぶん「デート」だったから、あらためて誘われるとなんだか気恥ずかしい。

「おまえってそういうとこ、可愛いよな。ただの買い出しがデートかよ」

「かわっ……」

絶句してしまった。

最近の拓巳は、昔は決して言わなかった褒め言葉をはばからずに言う。それはもう、ストレートに。

だからそのたびに、胸の内側を羽根でくすぐられるようなむず痒さに悶絶するはめになる。私は動揺を隠すために、ベーコンエッグを載せたパンケーキを頬張った。

薄く焼いたほんのり甘いパンケーキに、チーズとベーコンの塩気のバランスが最高だ。

噛むと卵の黄身のまろやかな味わいがとろりと広がるのも美味しい。

って、そんな今にも溶けそうな目で見つめられると照れるから……！

「そ、それで、デートってどこに？」

「俺、行きたいとこあってさ。いい？」

「もちろん。拓巳の行きたいとこ、私も行きたい」

「だからそういうとこな。なんでそんな可愛くなってるわけ？」

私はパンケーキに齧りつくのを止めた。

パンケーキにかけたメープルシロップより、甘いまなざし。

むず痒くて落ち着かない。

「拓巳だって……昔はそんなんじゃなかったよね？　可愛いなんて言われた記憶ない」

「昔の反省っつうか、な。もうおまえ、逃したくねぇし」

「っ、げほっ、げほっ」

拓巳は私の心臓を止める気なんじゃ……！

これ以上、聞いていたら脈が乱れて私の身体が保たない。

それでいて頭の中ではいそいそと、着ていく服のバーチャルファッションショーが始まっていた。


車を運転する拓巳の真剣な横顔は、いつまでも見ていられる。しかも今日は、うちの店で買ってくれたというサングラスまでしてるし。

拓巳って、やっぱりかっこいいよね……。

襟足で揃えられたやわらかな髪。高い鼻梁。すっと筆を走らせたような眉。シャープな顎のラインと、薄い唇。Tシャツから伸びた腕には男らしい筋が走り、黒のパンツに包まれた足は、車内でその長さを持て余し気味だ。

淡いブラウンのレンズを通して見る視線に、甘さはない。

だけどこの幼馴染みは、私には甘いまなざしを向けてくれる。そう思うだけで、身体が熱くなった。

「律、退屈になった？」

拓巳が運転の合間に私のほうをちらっと見やる。気遣わしげな口調に、私は慌てて前を向いた。

「違くて。拓巳がハンドルを握ってるのが、ふしぎだなって。再会したときも思ったんだけど」

「あのときおまえ、窓の外ばっか見てたよな。俺と目を合わせようとしなかった」

「あれは、お客様に謝罪に行くので頭がいっぱいだったから……なんて、ごめん嘘。拓巳の人生に私が立ち入る機会なんてもう一生ないと思ってたから、想定外で動揺してた」

再会してからまだ三ヶ月なのに、ずいぶん昔に思える。

私はコットンブラウスの裾を直す。「デート」だから、普段はほとんど着ない甘めのフリルが入ったブラウスだ。その分、下はタイトスカートで引き締めてバランスを取っている。

「それに拓巳がイイ男になってて、驚いたしね」

「買い被りだろ。俺は、自分が器の小さい人間だって自覚してる」

「そうかなあ。器が小さいなんて思ったことないけど……でも、そんなふうに気弱な発言をしてくれるの、嬉しいな。昔はそういうとこ、一度も見せてくれなかったし」

「いや、そりゃかっこ悪いだろ」

「そんなこと！　拓巳は弱音を吐くくらいでちょうどいいんだよ。会社でもモテてそうだし、かっこいいところばかり見せられたら困る。今だって、サングラス姿がますます女子ウケしそうだし……うちの店の商品だからたくさんかけてほしいけど、モヤる」

つたないフォローとまごうことなき本心が入りまじった私の言葉に、拓巳が「なんだそれ」と小さく笑った。

「ファッションでかけてるわけじゃなく、昼間の運転は目にくるんだって。もうしばらく、サングラスは必須な」

「わかってるけど……」

拓巳がその恐ろしくととのった容姿で女性を惹きつけるのは事実だ。

思えば、高校のときもそうだった。ふたり並んで帰る道すがら、拓巳に好意を持つ女性からの嫉妬まじりの視線にどれほどさらされたことか。

ときには「あれが久我くんのカノジョ？」なんてあからさまな嘲笑まで聞こえてきたりして、そのひとつひとつにショックを受けたものだっけ。

「でもおまえが気に入らないんなら、やめるか」

「えっ？　そんな意味で言ってない」

ふり向くと、赤信号でブレーキを踏んだ拓巳が私の頬に手を伸ばした。

自惚れではないと思うけれど……拓巳は言葉以外に表情でも、私を好きだと雄弁に伝えてくれるようになった気がする。

だってサングラスの奥の目がひたすら優しいのが、見えなくてもわかる。

「顔が言ってた」

「やだ、表情読まないで。そりゃあ、ほかの女性の前で格好よくなってこれ以上モテちゃうのはちょっと……気分よくないけど。でも、私の前ではしてて」

「わがままなやつ」

「ダメ?」

「いや。ぜんぜんオッケー。おまえの前でだけにする」

拓巳は小さく笑って私の頬から手を離すと、車を発進させた。


車が停まったのは、久我リゾートが経営する中でも海辺のロケーションが最高のホテルだった。

海の青に映える純白の外観もさることながら、海外の五つ星ホテルに勝るとも劣らない内装もセンスがいい。客室、レストラン、そのほかの施設のどれをとっても最高品質のもてなしを受けられる。誰もが一度は泊まってみたいと憧れるホテルだ。

久我リゾートの飛躍の一歩となったホテルでもあり、その評判は日本に留まらず、海外からの賓客の宿泊も多いという。

車を降り、拓巳に連れられてホテル二階のフロントへ向かう。事前に話が通っていたのか、黒のスーツをきっちりと着こなした年配の男性支配人に出迎えられた。

「久我取締役、ご婚約おめでとうございます。どうぞ、こちらです」

支配人の案内で、拓巳とともに宿泊棟を出る。和と洋のバランスが絶妙でモダンな庭を抜けると、白い壁がうつくしい離れに着いた。

「こちらが、ご予定の式場でございます」

スタッフがふたりがかりでドアをゆっくりと開ける。中に一歩足を踏み入れた私は呆然と立ち尽くした。

反対側は一面総ガラス張りの窓。その向こうに、やわらかな陽の光を受けて輝く海が広がっている。

天井が高い。その天井を支える柱も大理石も白く眩しい。

足元に敷かれた真紅のバージンロードが海を背にした祭壇へと続き、その両側には白木の木目も瑞々しい会衆席が並ぶ。

教会だ。

祭壇にも会衆席にも、あふれんばかりの花々が飾られている。

「ここが私たちの……？」

久我家の皆さんとの顔合わせの際、拓巳のお父さんが婚約と同時に結婚式の会場の話までしていたっけ。

だけどそのときは婚約そのものに動揺していたから、具体的な場所を口にされても頭に残っていなかった。

「そ。まだ先っちゃ先だけどスケジュールは押さえてある」

ブライダル業を展開する久我リゾート御曹司の結婚式とあって、準備にはそれなりの時間が要るらしい。式は約半年後……来年の春先になる予定だ。

「俺たちの結婚は、ある意味うちの宣伝にもなるから……会場の選定以外にも、おまえの希望どおりにできない場面がこの先出てくると思う。だからせめて、ここを好きになってほしくて連れてきた」

「なに言ってんの。私はここに来る前から、とっくにここが好きだよ。拓巳たちが大事にしてる場所でしょ？」

微笑んで隣を見あげると、拓巳が目を細める。心の底から嬉しそうに。

「おまえ、ほんとうに最高だわ。早く結婚してぇな」

「来年が楽しみだね。春ならお庭も華やかになるんじゃない？」

「おまえの好きな花でも植えてもらうか」

「なーに言ってんの。ホテルを私物化しないの」

顔をしかめて言うと、喉を鳴らした拓巳が私の手を取る。

指を深く絡め、手を引かれてバージンロードを祭壇まで進むと、拓巳が繋いだ手をもう一方の手で包んだ。

甘い予感に胸が高鳴る。

「あらためて言わせてくれ、律」

予感のとおりに、拓巳が私の頬に手を添えた。

「俺と、結婚してくれ」

「拓巳……っ」

「一生をかけて幸せにする。おまえが笑っていられるようにする。だからおまえは一生、俺のそばにいてくれ。それだけでいいから」

胸の奥に生まれた熱い塊がにわかに膨らんで、喉元までせり上がる。ともすれば言葉の代わりに涙が出そうで、唇が震えた。

真剣な目に、私が映っている。

ほんとうに拓巳と、結婚できるんだ……。

私は繋いでいた手をぎゅっと握り返す。

ありったけの気持ちを乗せて口を開く。

だけどそのとき、私のスマホがハンドバッグの中で硬質な電子音を響かせた。

拓巳は一瞬だけ眉を寄せてから、苦笑して手を離す。

「取れよ」

「でも」

「いいって」

私を包んでいたぬくもりが消え、心許なさで目を伏せた。ためらう私を急かすように、着信音が鳴り続ける。

電話なんか取ってる場合じゃないのに……！

だけどこんなときに限って電話は鳴り止まない。しかたなくスマホを取り出した私は、覚えのない番号に首をかしげながらも通話ボタンを押す。

懐かしい声が耳に届いた。

『律？　久しぶり、覚えてる？　僕だよ――』

「……ひろくん？」

顔を上げた私の目の端に、拓巳が口元を歪めるのが映る。

このときの私は、その表情の原因がプロポーズの中断以外にもあるなんて、まったく思いもしなかった。

【三章／拓巳】　過ちは二度と繰り返さない

所属していたバスケ部が惜しくもインターハイへの出場を逃すと、俺たち三年生はたちまち受験勉強一色の日々に染まった。

二学期が始まり、二年生以下が文化祭の準備に明け暮れ始めても、俺たちには関係ない。だからこの日も俺は放課後を図書室で過ごしたあと、頃合いをみて昇降口で律を待っていた。

きっかけこそふつうのカレカノとは違ったが、律と付き合い始めてそろそろ一年。

律は部活こそしていなかったが、緑化委員会とやらには所属していた。ひとりひとつ、委員会には必ず入らなければならないからだ。

具体的な活動内容は律の話を聞いても不明だったが、文化祭では緑化委員会にも仕事があるらしい。今日もその準備で、律は委員会に出ている。

昇降口に下りてから約十分後、律が委員会のメンバーと階段を降りてくる。俺は靴を履きながら声をかけた。

「律」

「拓巳……待っててくれたんだ」

律が小走りで俺に近づく。その顔は一見すると、普段とおなじに明るい。

けど……さっき俺と目が合った瞬間、顔が強張ったよな？

訊きたいのに訊けず、悶々としたまま並んで玄関を出る。駐輪場からチャリを出し、律の鞄を前カゴに乗せるあいだも、会話はぎこちなかった。

「今日はバイト、ないんだよな？　家まで送る」

「えっ、いいよ。拓巳、遠回りになっちゃう」

「いいって」

「でも」

「いいから」

押し問答の末、前カゴから鞄を取りあげようとする律を遮ってチャリを押す。律が困り顔をして、黙って俺の隣を歩いた。

——俺たちいつから、こんな感じになったんだろうな。

他愛ないやりとりが減り、律の笑顔が減り、代わりに遠慮と沈黙だけが増えた。

付き合い始めた当初も、いわゆる「ラブラブ」というやつとはほど遠かったが、まだあのころはお互いに言いたいことを言えていたように思う。

校門を出て人通りの少なくなった道を用水路沿いに下る。春には見事な桜並木が見られる道だが、今はその桜の葉もくすみ、かろうじて枝にしがみついているだけに見えた。俺と律の関係を暗示しているかのようだ。あとひと月もすれば、落葉が始まる。

感傷的な気分になりかけ、俺は想像を頭から追い出した。

「りーつー、拓巳ー」

飲食店が建ち並ぶ通りへと曲がったとき、歩道の向こうから博巳が軽く手を振った。俺の制服はブレザーだが、博巳は学ランだ。近づいてくる博巳に、律が駆け寄る。

その顔が博巳を見るなりほっとゆるんだのを、俺は見逃さなかった。

「ひろくんも今、帰り？」

「これから塾なんだ。僕も律を送っていきたかったな。拓巳、律をちゃんと送り届けろよ」

「言われなくても送る」

律と付き合っていることは、博巳にも話してある。

しかし博巳には、その事実がまるで響いていないみたいだ。胸の内がささくれ立つ。

「じゃあね、律。うちの文化祭には来るんだよね、待ってる」

「うん、拓巳と行くからね。楽しみにしてる！　またしあさって――」

俺は強引に律の腕を引くと、ぐらつくチャリをなんとか片手で押して足早に帰った。

「行くぞ」

そして迎えた、博巳の学校の文化祭当日。

男子校の文化祭なんか、面白いもんでもない。客の大半を占める女子は、校門をくぐると同時に男子生徒の熱烈な歓待を受けている。しかし、ほかの客の扱いはぞんざい。

さらにいえば、俺たちの場合はそのどちらでもなかった。

「おい博巳ー！　お前いつのまにカノジョできたんだよ！」

「おいおいおい、抜け駆けか？　俺たちにも見せろよ」

博巳の教室を探して廊下を歩くと、俺を博巳と勘違いした博巳の友人らしい生徒たち数人が寄ってきた。

取り囲んで見おろされた律が、居心地悪そうにする。

「へえー。博巳って派手好みだと思ってたのに、意外だなー。名前なんていうの？」

「大崎律です。でもあのっ、私は」

律が答えるまもなく、彼らは口々に律を「可愛い」だの「細っ」だのと好き勝手に品評し始める。

「博じゃないから。双子の弟。そんでこいつは、博じゃなくて俺のカノジョだから」

俺は無性にイライラしながら律を背中に庇い、言い放つ。

しかしそれからも、博巳の知り合いに会うたび同様のやりとりが繰り返された。

女子が珍しいせいもあるだろうが、律はふしぎと人を引きつけてしまうらしく、あちこちで声をかけられる。

俺はその都度イラついて律を男共から遠ざけたが、律自身は笑ったり驚いたり、終始楽しそうだった。

それはここしばらく俺には引き出せなかった笑顔で、眩しくも複雑な気分だった。

「あっ、ピンがない。返してもらうの忘れてた」

博巳とも会い、他校の文化祭を満喫した帰り際、律が昇降口で肩先まで伸びた髪に手をやって首をかしげた。

赤いガラス飾りのついたヘアピンだ。たしか女装喫茶の店員をしていた男子生徒がかつらの髪がまとまらないと困っていたので、律が貸してやっていた。

「俺、取ってくるわ。ここで待ってろ」

俺は履きかけていた靴からスリッパに履き直した。客がぞろぞろ帰る中、逆にここの生徒ばかりの教室に律を戻せば、タダで帰れるとも思えない。

階段を駆け上がる。無事にヘアピンを返してもらい、昇降口まで階段を下りきろうというときだった。

「――浮かない顔してる。拓巳のこと?」

「ひろくん」

俺は反射的に足を止めた。律と……博巳だ。

階段の壁に寄りかかり、ふたりの話に耳をそばだてる。

「当たり? 付き合うのがつらいって、顔に書いてあった」

「そんなこと……」

「腹が立つな。僕なら、律にそんな顔をさせないのに。律にとびきり優しくして、完璧なカレシになるのに」

「へへ、ありがと。ひろくんなら、ほんとうにそうしてくれそう」

「そうだよ。だから拓巳なんかやめて、僕にしなよ。そうすれば律も苦しい思いをしなくてすむ」

律の肩に博巳が触れる。俺とおなじ顔で、俺よりも人に好かれる甘い表情で。律も、俺といるときには見せなくなっていた、肩の力が抜けた表情だった。

――そうだよな。律だって博のほうが……。

博巳が軽々しく触れるのにも、律がそれを許すのにも、怒りより先にどうにもならないやるせなさが募っていく。

今思えば、ほかの男には憤りだけを向けたくせに、博巳に対してはしょせん敵わないとどこかで諦めていた。

「ひろくんは優しいね。でも、そんなことしないよ。だって私は――」

「律！」

お人好しの律のことだ。博巳に好意があっても、俺を待つ状況でそれを素直に口にすることはできないだろう。俺に気を遣った返事をするのが容易に想像できて、俺はとっさに呼びかけた。その先は聞きたくない。

さも今昇降口に着いたかのように、息を弾ませてふたりに近づく。

「博、いたのか。律を見ててくれてサンキューな。ひとりにしたから、心配だったんだ。……律、ヘアピンあった。帰るぞ」

「あ……ありがと」

律が気まずそうな顔で受け取り、髪につける。

さっさと靴を履いて歩きだすと、律が慌てて靴を履いてついてくる。それすら無性にやるせない。

『そうすれば律も苦しい思いをしなくてすむ』

俺は、最初から律に我慢させていたのか。

なにから話せばいいのか、チャリを押すあいだも言葉が見つからない。

これが律とふたりで歩く最後かもしれないと思うと、やたらと足が重かった。

俺といることで律に我慢させたくない。楽にしてやりたい。頭ではそう思う。

——けど、律を手離せるのか?

答えが出ない。

何度も口を開きかけてはつぐむ。

だが迷いに迷って……律の家の前に着いてようやく、俺は腹を決めた。

「付き合ってみてわかったけど……おまえとだけは、無理だったわ。ごめん、別れて」

それが俺と律の、甘くもなんともないカレカノの終わり。

＊＊＊

律はてっきり博巳とくっつくだろうと思っていたのに、そうはならなかった。

しかも、俺たちの目の前からいなくなった。

そのときになって、後悔が怒濤のように押し寄せた。

——なんで博とくっつかなかったんだよ。

博巳といれば律が我慢しないで笑えるというなら、それでいいと思っていた。それなのにこれでは、俺が離れた意味がない。……いや。

ほんとうは俺が、これ以上律と一緒にいることに怖じ気づいただけだった。

気づいても手遅れ。

俺は諦めきれず律に連絡を取ろうとしたが、そのときにはもう連絡がつかなくなっていた。ならばと絵里さんの連絡先を父親に尋ねても、従業員の個人情報を教えることはできないと拒否される。

博巳ならあるいはと思っても、博巳も新しい連絡先は知らないという。

律から決定的な言葉を聞いてフラれるのが怖くて、先回りした。さらにそれを律のためだとすり替えて、かっこつけて……最悪だった。俺はそのときようやく、自分の至らなさを思い知った。

だからまたチャンスが巡ってきたとき、言わずにはいられなかった。

『マジで、おまえがいないとダメだ』

けど、律は俺の職場まで来た。俺に伝えたいことがあったからだという。

背筋が冷えた。

引導を渡されるのは確実だ。

それでも昔の失敗だけは繰り返すまいと、逃げ腰になる心を叱咤して向き合う覚悟を決めた俺に……律は思いもよらないことを言ったのだ。

『拓巳に好きって伝えたかっただけ』

『拓巳にしか言わない種類の好き、なんだけど……伝わった？』
それは、幼馴染みへの親愛とは別と思っていいのか。
律の赤い顔が、急速に膨らんでいく期待を後押しする。肯定する。
「俺、律がめちゃくちゃ好きなんだよな」
だったら、今回は間違えない。
言葉にする。何度でも、好きだと言う。
律の心が、二度と俺以外の男に……博巳に傾くことのないように。

四章　視線の先にいたのはひとりだけ

ひろくんから連絡をもらえるなんて。

私はスマホを握り直しながら、祭壇の向こうの十字架に向かって心の中で誰にともなくお礼を言う。

母の再婚で引っ越すと決まったのは、拓巳と別れてまもない十月の終わりだった。

受験勉強が本格化するときに環境が変わることを母には謝られたけれど、正直にいうと私はほっとしていた。

拓巳たち三年生の登校は冬になれば減るとはいえ、まだ顔を合わせるのはつらかったから。

母は鳴り続ける警報さながらの騒がしさで別れの原因を問いつめてきたけれど、私はフラれたとしか言えなかった。そして、未練を断ち切るために電話番号を変えた。母ももう、た。

　親しかった友達には番号を変えたことは連絡したから、転校してもそれほど困らなかった。

　なにも追及してこなかった。

　ただ、ひろくんに言えなかったことだけはずっと心残りだった。大事な幼馴染みなのに。

　ひろくんに伝えればそれが拓巳にも伝わって、私に電話が来るかもしれない。なんて、無意味な期待をしそうだったから止めたのだ。

　でも拓巳と別れるということは、拓巳を形づくるすべてとさよならすること。

　それを思い知って、やりきれなかった。

『久しぶり、律。拓巳と住んでるんだって？　驚いたよ』

　どうやって新しい番号をひろくんが知ったのか、なんてささいなこと。

　また昔とおなじに話せるようになったのが、ただただ嬉しくて懐かしい。

「ひろくんはもうすぐ、私のお義兄さんだね。よろしくお願いします」

『そうらしいね。だからそうなる前に、律と会いたいな。積もる話もあるし。ちょうど、僕も日本に帰ってきたところなんだ』

「そうなんだ、お帰り！　じゃあ、いつにしよっか。ちょっと待ってね、拓巳も隣に――」

　三人で会うつもりで拓巳の都合を訊こうとした私は、せわしなく首を巡らせた。拓巳の姿が見えない。

どこにいったのかと首をひねる私に、ひろくんがやけに艶っぽい声で続けた。

『僕は律とふたりで会いたいんだけど、ダメかな――』


通話を終えて教会を出ると、拓巳がパンツのポケットに両手を突っこんで扉脇の壁にもたれていた。

「拓巳！　どこに行ったのかと思った」

駆け寄ると、物思いにふけっていた様子の拓巳が壁にもたれたまま視線だけ私のほうに向けた。

「電話の邪魔しちゃ悪いだろ」

「邪魔なわけないでしょ。ひろくん、日本に帰ってきたから、私たちの結婚の前に会いたいって。来週辺り、拓巳は――」

言いかけて口を閉じる。ひろくんからは、ふたりがいいと言われたんだった。

どうしようかと目を泳がせると、ふいに手を取られ深く指を絡められた。

とたんに鼓動が甘くなるのだから、つくづく私は拓巳に反応するようにできているらしい。

「博はどうせ、律とふたりで会いたいって言ったんだろ」

「さすが双子、通じ合ってるね。でも、拓巳もひろくんとはしばらく会ってないんでしょ？　三人で会おうよ」

「いや、俺の都合はいいから会ってこいよ。俺はいつでも会えるし」

「それもそっか、ふたりは家族だしね。……じゃあ会ってくる。ひろくんとも十年ぶりだよ。楽しみ」

遠くを見るような目をした拓巳が、私の手を握りこむ。

その強さに、私はどきりとした。……拓巳？

「……そういえば、拓巳がひろくんに私の新しい番号を教えたの？　ひろくんから連絡くると思わなかったから、びっくりした」

「絵里さんじゃねぇの？　つぅかおまえ、絵里さんに似てきたな。はしゃいでんの、丸わかり」

「ええ？　私はお母さんほどおしゃべりじゃないってば。あっ、たしかひろくんって離婚したばかりなんだっけ……楽しみなんて言ったら脳天気すぎだよね」

「いいんじゃねぇの」

どこか投げやりな言いかただ。

再会してからときどき感じていたけれど、拓巳はひろくんに対して当たりがきつい。

お互いを分かり合った双子だと、そうなるのかな。親しい相手ほど口調に遠慮がなくなる、仲野さんの例もあるし。

「なあ律」

「ん？」

「そんなことより、返事。待ってんだけど」

「あっ……！」

そうだった、そっちのほうが大事！

私は深く繋いだ手を見おろしてから、拓巳に向き直る。この前みたいに「やっぱりナシ」なんて誤解を拓巳に抱かせないためにも、きちんと言葉で伝えないと。

元から婚約者という立場だったのもあって、あらためてプロポーズされると思わなくて……今も胸が甘く疼いているのだから。

「私こそ、拓巳と一緒に生きていきたい……です」

照れくさくて、最後は敬語になってしまう。そんな私の腕を、拓巳が力強く引き寄せた。

「よかった。それがすげぇ聞きたかった」

なぜか痛みをこらえるような笑顔が、私の胸に引っかかった。

教会を見たあとは、ホテルの披露宴会場にも案内された。

久我リゾートの社長令息の結婚ということで、当然ながら最もグレードの高い会場だ。

「社長からは、我が社のプロモーションも兼ねた演出をするようにと伺っております。ですから、プランはこちらを用意しておりまして――」

「うちのプロモーションは重要だが、主役である新婦の満足度をなによりも優先させてほしい。たとえばこの部分だが――」

ブライダルの責任者に対して拓巳が表情を引き締め、改善案を提示する。さっそくミーティングスペースに場所を移して打ち合わせが始まった。

拓巳の主導で、提示された案が実現に向けてみるみるブラッシュアップされていく。指示は的確で無駄がなく、しかも素早い。

若くても、拓巳にはたしかな手腕があるのだと気づかされる。

それに……私には見せない仕事の顔がまじっているのにも、ドキドキする。

「律。おまえの希望も聞かせてくれ」

隣で聞いていた私に、ふと優しい視線が向けられて肩が跳ねる。私が置いてけぼりにならないように、配慮してくれたようだ。

まだ結婚するという実感は薄いものの、私も希望を口にする。打ち合わせは大いに盛り上がった。

最後にあらためて祝いの言葉を受け取り、私たちはホテルをあとにした。

「疲れてないか？」

「ううん、すっごく元気。拓巳って実はやり手なんだなと思いながら見てた」

「ガキんときから、ホテルで父親に仕込まれたからな」

「私と遊んでるだけじゃなかったんだ……拓巳もひろくんも、サラブレッドなんだね。すごいなあ」

「少なくとも俺は、おまえにそう思われたくてやってたからな」

「そうなの？　冗談でも嬉しいな」

「まあ冗談だと思ってもいいけど」

「え？」

拓巳は返事の代わりに小さく笑うと、私の背を押してロビーを抜ける。今の、どういう意味？

頬がじわりと熱を帯び、私は正面に回してもらった車にぎこちなく乗りこんだ。

「疲れてないなら、もう一軒だけいいか？」

拓巳の提案で、高速道路に乗って都内まで戻る。

この日最後に訪れたのは、私の職場近くにあるハイジュエリーブランド「SHIRASE」の本店だった。

夜の色をまとい始めた空の下、建ち並ぶ店の灯りはどれもさながらクリスマスツリーに飾られたオーナメントのよう。

私たちに気づいた警備員が、内側からガラスの扉を開けてくれる。一歩中に足を踏み入れるなり、ため息が零れた。

開放感のある吹き抜けの天井からはクリスタル製のシャンデリアの光が降り注ぎ、ガラスのショーケース内のジュエリーをきらびやかに引き立てる。

ケース内のジュエリーはどれも、うつくしさと上質さを兼ね備えた逸品ばかり。

息をのんで立ちすくんでいると、背中に添えられた手にうながされた。

「指輪、要るだろ。放心してないで行くぞ」

拓巳は慣れた様子で店内を進み、フロアスタッフに声をかける。

あらかじめ話が通っていたようで、私たちは上階のフロアを通り過ぎ、上客専用のラウンジに案内された。

拓巳の会社である久我フルールとここSHIRASEは、ブライダル分野で提携しているのだそう。

優しい色合いの調度品でととのえられた広いラウンジのソファに、私は拓巳と並んで腰かけた。紅茶とお菓子でもてなされながら、さっそく指輪を見せられる。

ビロードを張ったケースに恭しく並べられた指輪は、どれもこれも華美すぎず洗練されて見えた。

目が吸い寄せられるとはこのこと。値段を確認するまでもなく、申し分ない品質のものばかりだとわかる。

真由子さんのように、人生経験豊かで素敵な女性にこそ似合いそうな……。

「値段とか気にすんなよ？　シンプルに、気に入ったやつを選んで」

「っ……ありがと。わかった」

気にしていたのがバレていたみたい。

「婚約指輪と結婚指輪な」

「えっ⁉　ふたつも⁉」

「当然。俺はどっちもおまえに贈りたい。でも、はナシな」

「うっ……わかった」

拓巳は愉しそう。こんな甘い顔をされたら、断りにくい。

引け目を感じないと言ったら嘘になる。けれど、いったんそれを脇に置くことにしたら、ワクワクしてきた。

そうしてたっぷりと時間をかけて選んだのは、プラチナと金を絡ませた結び目にダイヤモンドを並べた婚約指輪。

結婚指輪には婚約指輪と組み合わせが可能な、流線型のフォルムがうつくしいプラチナのリングを選んだ。

両方を身につければ、その輝きに頭がくらくらしてくる。

――平凡な毎日を送っていた私が、値段を想像するのもおこがましい見事なリングを贈られるだなんて……。

言葉もなく左手の薬指に見入った私の隣で、拓巳は自身も結婚指輪を嵌めて確認した。

「結婚指輪も、今日このまま彼女につけさせたい」

「サイズのご用意はございますが、刻印をご希望の場合は少々お時間をいただきますので……」

「では、刻印ありとなしの二組用意してくれ。当面は刻印なしの指輪をつけて、刻印ができあがればつけ替える」

拓巳がスタッフへ当然のように言う。私はぎょっとして拓巳の腕をつかんだ。

結婚指輪を複数個買うなんて聞いたことがないんだけど！

「いやいや、もったいないでしょ。おなじデザインを二組だなんて」

「なら、刻印ありとなしで別のデザインにするか」

「そういうことじゃなく！　結婚もまだ先だし、急ぐことないじゃない」

婚姻届も、結婚式を終えて年度が切り替わるタイミングに提出する予定だ。そのほうが職場の手続きにも都合がいい。

それに、拓巳と夫婦になりたいという気持ちとおなじくらい、拓巳と恋人をやり直したいという気持ちもある。

拓巳は顔を曇らせたような気がしたけれど……。

ああだこうだと言い合った結果、結婚指輪を二組購入する話は取りやめ、刻印を入れてもらうことになった。婚約指輪だけを包んでもらう。

「本日は白瀬が対応できず、申し訳ございませんでした。実は妊娠中の奥様が転んだそうで、急きょ帰りまして」

「それは心配ですね。大事ないとよいのですが。……こちらのことはお気遣いなく。またの機会にぜひひとお伝えください」

店名とおなじ苗字ということは、白瀬さんはSHIRASE本店の店長だろう。たしか創業者一族のひとりでもある。

拓巳の会社とも提携していると言っていたし、スタッフの口ぶりからいってもふたりは知り合いらしい。

結婚指輪への刻印が仕上がるのは二週間後だと、スタッフが続ける。

「二週間か、くそ……」

「拓巳？」

ごく小さなつぶやきを拾ったのは私だけのようだ。拓巳がはっとした。

「……ああいや、早くおまえがこれを嵌めるところを見たくて」

拓巳は私に微笑みかけると、店員からていねいにリボンをかけられた小箱を受け取った。

翌週。

上がりの時間が重なった仲野さんは私の話を聞き終えると、あからさまにうんざりした顔をして更衣室のロッカーの扉を開けた。

「それ、ただの惚気ですよね。鬱陶しいので、律さんは早く帰ってください」

仲野さんが仕事用のきちんとしたスーツから、オフの服に着替え始める。帰り支度を先に終えていた私は、苦笑してロッカーの扉をそっと閉めた。

拓巳が来店していた話を聞いて以来、仲野さんは私に対して容赦がなくなったと思う。最初はアイドル顔から繰りだされる毒舌に戸惑ったけれど、勤務態度は改善したし、ほかの社員に対しては毒舌もない。

これが仲野さんなりの、親しくなった相手への接しかたらしいと思うと、いっそ可愛げすら感じる。

「でも、変じゃない？」

「なにがです？　律さんの恋人が、律さんとの結婚に浮かれてるって話ですよね。もう聞きたくないんですが」

言いつつも、仲野さんは着替えが終わったのに帰ろうとしない。聞いてくれるようなので、私は仲野さんをお茶に誘い、近くのオープンカフェに場所を移した。

おしゃれな店が並ぶ通りを眺めるテラス席に腰を落ち着け、カフェラテを頼む。仲野さんはモンブランパフェ。

穏やかな気候のおかげで気持ちいい風に吹かれながら、私は拓巳の様子を思い返す。

「浮かれてくれてるだけならいいんだけど……」

家では、いたっていつもどおりだ。キッチンに並んで立ったり、片付けをしてくれたりする。宝飾店で見せた表情の片鱗はまったくない。

それとなく尋ねても「律の気のせいじゃねぇの」と笑われただけ。

「でもなんか、ほかにも理由があるような気がして」

「深読みですよ。むしろ律さんがマリッジブルーなんじゃないですか？　……それ」

仲野さんが、運ばれてきたパフェを勢いよく攻略しつつ、カフェラテを持つ私の手元を指差した。

「薬指。婚約指輪もないじゃないですか」

「や、それはね」

職場用の地味な服装に、大粒のダイヤモンドがきらめく指輪は明らかに浮いてしまう。

……ううん、正直にいうとあの指輪に私が釣り合わない気がして、落ち着かないのだ。

落としたらどうしようと思うと、怖くもあり。

けっきょくつけては外し、またつけては外すのを何度か繰り返し……。

「ここ」

私はブラウスの胸元を少しずらして、ペンダントにして首から下げた指輪を仲野さんに見せた。

「は？　見せるくらいなら、隠さずにつけたらどうです？　愛されてる自信があるくせに、その態度はなんかむかつきますよ」

仲野さんがパフェの下層にあるコーンフレークをすくい、ざくざくと噛み砕く。もっともな指摘に、私はうなだれつつも苦笑した。

――真由子さんなら「婚約者を信じたらどう？」って言いそう……。

拓巳を信じてないわけじゃない。

だけどそれとは別で、どうしても切り捨てられた過去の記憶が拭い去れない。まだ心のどこかで、拓巳から「無理」だと判定される日を恐れている。

だから指輪を嵌めることをためらってしまう。……けれど。

「そうだよね、ありがとう仲野さん。指輪、つけることにする」

カフェラテの残りを飲み干してから、私はペンダントに手をかける。

そのとき私のスマホが鳴った。

電話はひろくんからだった。

パフェを食べ終えた仲野さんが席を立つ。口は悪いけれど、気を遣ってくれたらしい。

「ごゆっくり」という口パクにジェスチャーで挨拶をして彼女を見送り、私は誰もいなくなったテラス席でスマホを握り直した。

『律、今いい？　結婚前に会う話だけど、店を予約したから――』

明後日の金曜日、時間はひろくんの都合に合わせて夜の八時。

場所はひろくんの勤める久我リゾート本社近くの、南国をコンセプトにしたダイニングレストランらしい。

大人のムード満載のところじゃなくてほっとした。

ひろくんとおなじ顔をした拓巳の大人になった姿は見ていても、私にとってひろくんは今も高校生のままだから。ポテトフライも食べられるようなところのほうがいい。

『拓巳には言った？』

「もちろん。誘ったけど、自分はいつでもひろくんに会えるから、ゆっくりしてこいって」

『へえ……じゃあお言葉に甘えて、その日は律をひとり占めさせてもらうよ。ところで律は今なにしてるの――』

私はさっきまで会社の後輩とお茶していたこと、以前は彼女の指導に手を焼いていたけれど今では距離も近くなったことなどを話す。

幼馴染みを相手に、話が弾んだ。

『僕も今からそっち行こうかな』

「ええ？　私もひろくんに会いたいけど、今日は拓巳が待ってるから……」

言いながらもいったん切り上げたほうがいいかもと、なにげなくテラス席から店内のほうを見た私は慌てて立ち上がった。

ガラス張りの壁越しに店内を覗くけれど、さっきちらっと見えたはずの婚約者の姿はない。

……見間違いかな。

『律？　どうしたの？』

「ううん、なんでもない。ただの見間違いみたい」

家に帰れば会えるというのに、外でも拓巳を探してしまうなんて。

私は自分に呆れつつ、電話に戻った。

その夜、拓巳はいつもより執拗な愛しかたで、私をベッドに沈ませた。

「あ、はあっ――……っ」

もう何度目かわからない。甘やかな声が極まって、一瞬の緊張のあとに全身から力が抜けていく。

「も、無理……！」

「悪い、加減間違えた」

「い、いいけど……今日、拓巳どうしたの？　なんかいつもと違う」

私の疑問を封じるみたいに、拓巳が覆い被さってくる。返事はない。

それでも、私が苦しくないように加減してくれているのがわかる。引き締まった身体の適度な重みが気持ちいい。

汗ばんだ髪を梳かれ、耳たぶを指先でくすぐられる。

私も拓巳の背中に腕を回し、力強い鼓動を聞きながら呼吸をととのえる。

肩口に頭をうずめた拓巳が顔を上げ、鎖骨の窪みに舌を這わせた。かすかな水音を立てて徐々に場所を変える唇が、くすぐったい。

だけど今日はもう何度となく味わった肌を吸われる痛みに、われに返った。

「待って……っ、見えるところに痕つけないでって、さっきも言ったよね？」

「そんな目立ってねぇって。気にしすぎ」

拓巳は私の訴えを取り合わず、首筋に唇を這わせる。

あれよあれよというまに肌を吸われ、ふたたびわずかな痛みが走る。

私は思わず痕をつけられた場所を手で押さえた。顎の下、喉仏のすぐ横辺りのやわらかい部分。

「目立つって！　こんなとこ、職場の人に見られるじゃない！　困る！」

「困るのは職場だけか？」

ぽかんとして見あげると、拓巳が顔を歪めた。

「……悪い、忘れて」

「待って、なんでそんなこと言うの？　拓巳、お願い言って。拓巳に言葉をのみこんでほしくない」

離れていこうとする拓巳を、私はぎゅっと抱きしめる。

拓巳が深々とため息をつく。ややあってから観念したように私の上からどき、隣でごろりと横になった。

「……そういうとこだよな。おまえのいいところ」

「え？」

唐突に話題が変わった気がして困惑した。

「誰も気づかなくてもおまえはそうやって気づくし、どうにかしようとする。十年ぶりに会ったときもおまえ、そうだったよな」

「そうだっけ」

「自分も急いでたくせに、妊婦と子どもにタクシーを譲っただろ」

「見てたの!?　知らなかった」

なんだか恥ずかしいと思っていると、拓巳が横になったまま私の腰を引き寄せた。

その腕のぬくもりに安心して拓巳を見返す。拓巳が気まずそうに身じろいだ。

「……おまえが博と会うのが心配なんだよ」

「へ？　なんで。ひろくんだよ」

「だから嫌なんだって。博はおまえに気があっただろ」

「ないない。ひろくんは私のこと、よくて妹くらいにしか思ってないよ。だいたい、もう十年も会ってないからね？」

「俺も十年会ってなかったけど。おまえを見つけたら、すぐにまた好きになった」

肘をついて頭を起こした拓巳が、私を見おろす。

真剣な目は熱っぽくもあって、落ち着いたばかりの脈がまた否応なしに騒ぎだした。

「……だったら拓巳も一緒に来てよ」

「博はふたりがいいんだろ？　おまえを束縛したいわけじゃねぇし。おまえだって、博と楽しそうに話してて」

「私が？　いつ」

「……さっき、おまえの後輩と偶然会って。カフェにおまえがいるっつぅから、寄った。おまえ、博と電話してただろ。指輪もしてなかった」

やっぱり、あのとき拓巳を見かけたと思ったのは気のせいじゃなかったんだ。

でも待って、婚約指輪なら……。

「違うよ。私あのとき、ひろくんと通話しながら指輪を嵌めたから」

「そもそもなんで外してんだよ」

拓巳が咎めるのも当然だ。

私は申し訳ない気持ちでうなだれる。

「それは……この指輪に見合ってる自信がなくて」

「なんだよ、それ」

「ごめん。自分でも意気地なしだってわかってる。仲野さんに呆れられて目が覚めた」

「意気地なしとは思わねぇけど」

拓巳が呻いた。

「なんだ、そうかよ。……感情に任せて独占欲撒き散らして、冴えねぇな」

「もしかして、見える場所にキスマークつけたのって……？」

拓巳が片手で顔を覆う。「悪い」とくぐもった声が耳に届いた。

「うっ、ううん。私こそ……ごめんね」

消えない過去があるからこそ、色々と考えすぎて心を委ねるのが怖くなる。信じる気持ちは嘘じゃないのに、行動が追いつかない。

でもきっと、この関係に戸惑ったり悩んだりしているのは、拓巳もおなじで。

私たちはお互いに、こじれた関係を解きほぐすために模索中なのかもしれない。

——不器用だよね、私たち。

だとしても、拓巳のほうが先に私へ手を伸ばしてくれた。私のことを、私以上に考えてくれた。

胸の奥に愛おしさとくすぐったさが湧く。私は拓巳の厚い胸板にそっと手を当てた。

「じゃあ、私もつけたい。キスマーク」

「俺に？」

「ダメ？」

「いや、いいけど」

戸惑った様子ながら、拓巳の了解を取りつける。

拓巳はこれからも、私のために思うところをのみこもうとするのかもしれない。十年前のあのときなにが「無理」で私をフッたのか、口にしないのとおなじで。

けれど。それが拓巳の優しさだとしても……少なくとも私の前ではもう、言葉をのみこませたくない。

もっと、拓巳の心の奥を知りたい。

私は拓巳の胸に手を添え、唇を寄せる。きつく吸いつく。

「……あれ？　つかない」

「男のほうが皮膚が厚いからな。もっと力入れないと無理だろ」

「痛くない？」

「痛いのも大歓迎」

拓巳の指が私の髪をゆっくりと梳く。それだけで頭の芯が痺れるような熱を持ち、私はふたたび頭を伏せる。

思いきって強く吸い立てると、小さな赤い痕が拓巳の左胸にできた。

「これは……ちょっとした満足感があるね。拓巳はすでに私のものです、気安く触らないでください。って堂々と言えるの、いいね」

「俺の言いたいことわかったか？」

意味を理解したとたん、胸がきゅうっと甘く鳴る。

「っ、わかった、わかりました……！　た、拓巳は？　私の言いたいこと……」

「おまえは俺が好きって？」

真顔で拓巳がつぶやいた。

熱くなった私の頬に触れて、口元をゆるめる。

「そっ……、まあ、そういうことだけど……！　でも、見えるところにつけられるのは、やっぱり色々と問題が……」

「職場では虫刺されだって言っとけ。そんで博の前では、俺にたっぷり愛されたって言えよ」

「ええ？　……ふふっ。やきもち、隠さないんだ」

「今さら隠してもしようがないだろ。けど、マジで博には気をつけてくれ。おまえは押しに弱いし、ヤバい気がする」

「ひろくんとなにかあるって思ってるの？　ないない、拓巳と結婚するんだよ？　それでも心配なら……もう一個、印つけよっか」

「ああ、つけて。その代わり、俺もつける」

「それはダメ、もうじゅうぶんついたからっ。これ以上は、ほんとうに恥ずかし――……あっ、ん……」

押しに弱いという言葉を否定できない。男の顔をした拓巳を見て思い知る。

私はふたたび拓巳に組み伏せられた。

ひろくんに指定された店は、若者向けのセレクトショップが軒（のき）を連ねる通りから、ひと筋入ったところにある。久我リゾートの本社ビルからは、目と鼻の先。

つい先週までは爽やかな秋晴れだったのに、十月中旬に入ってから雨が続いている。今日も朝から降ったり止んだりとすっきりしない。

急な会議が入ったから先に席についてて、というひろくんからのメッセージを受け、私は傘を畳むとダイニングレストランのドアを開けた。天井が高い。

中央の椰子の木が目を引いた。その木をカウンター席がぐるりと囲んでいる。そのさらに周りには、南国らしい色調でまとめられたテーブル席。

金曜の夜ということもあり席はほぼ満席で、若い女性が多いのかあちこちで華やいだ声が上がっている。

予約名を告げるとカウンター席に案内された。肩肘張らずにすむようにという、ひろくんの心配りを感じる。

再会は、十年の時間が経っているとは思えないほど自然だった。

「遅くなってごめんね。久しぶり、律」

拓巳より色の抜けた髪を、だらしなく見えない絶妙なバランスで無造作に伸ばしたひろくんは、優しげな笑みが昔のまま。

ひろくんはビール、私はレモンサワーで乾杯して近況を語り合う。

色とりどりのピンチョスや、手で食べやすくしたガーリックシュリンプにサワークリームを添えたチップスなど、次から次へと運ばれる料理は、どれもおしゃれかつお酒の肴にぴったりだ。

話題は小学生のころの思い出話に始まり、お互いの大学時代や社会人ゆえの苦労話などまで尽きない。

「ひろくんは、久我リゾートを継ぐの？」

「そうだね。久我リゾートはグループ中核企業だから僕が継いで、傘下の久我フルールを拓巳が継ぐ予定だよ。父なんかは僕らに早く継がせて、久我の認知度を上げたいみたいだ」

双子のイケメンがトップに立てば、それこそマスコミでもてはやされそうだ。今日は三人じゃなくてよかったかもしれないとこっそり思う。

「あ、これ美味し……！」

白身魚のソテーは、口に入れるとふわふわの身が崩れてバターの香りが広がる。胡椒のピリッとした刺激も効いている。

濃厚なソースを絡めればまた違った味わいで、白身魚にありがちなパサつきもなく、驚くほどジューシーだ。

これはぜひ拓巳にも食べてほしいから、今度一緒に来よう。とりあえず、と私は店員に断って料理の写真を撮ると、その画像を拓巳へ手早く送信する。

「拓巳に送ったの？」

「うん、拓巳にもこの美味しさを教えたくなって。あ、ごめんね。食事中なのに」

ひろくんは「いいよ」と穏やかに微笑んで白身魚のソテーをゆったりと口に運ぶ。

拓巳とおなじ顔だから当然といえば当然だけど、ひろくんも店内では目立っていた。女性客からの熱視線がひろくんに降り注ぎっぱなしだ。

拓巳のシャープな色気とはまた違う、甘さのまじった華やかな色気は、彼本来の人当たりのよさもあって親近感を抱かせるんだろうな……。

「ねえ、個室いこうか。彼女たちのせいで律の気が逸れるのは、気に食わないからね」

視線をさまよわせているうちに、ひろくんがスタッフを呼ぶ。私たちは奥の個室に席を移された。ほとんど満席だったのに個室が空いてるなんて、すごい偶然。

料理も移動させてスタッフが下がると、フロアの喧騒が届かなくなった個室はとたんに静かになった。

照明が落としてあるからか、フロアの開放的な雰囲気とずいぶん違う。あえていうならデート仕様といったところ。

なんとなく落ち着かないものを感じながらも、私はサワーから澄んだ空色のカクテルに変え、尋ねられるまま拓巳との婚約の経緯を話した。

「悔しいな。先に僕が律を見つけていれば、律は今僕が贈った指輪をしていたはずなのに」

「ひろくんは、いつも嬉しいことを言ってくれるよね。ひろくんなら大丈夫、またすぐに本気で好きになってくれる人が見つかるよ」

「律がそうなってくれたら嬉しいな」

「ええ、冗談……」

「じゃなかったらどうする？」

とっさに言葉が見つからない私の隣に、ひろくんが移ってくる。

顔がほのかに赤い。酔ってる……んだよね？

「律さ……拓巳と付き合ったら、また我慢しなきゃいけなくなるよ」

「そんなことないよ」

「今はそう思えるだろう、焼けぼっくいに火がついた状態だからね。でも、結婚は待ったほうがいいと思う。弟のことを悪く言いたくないけど……僕は律が泣くところは見たくない」

なりゆきとはいえ拓巳と付き合うことになったとき、私は内心飛び上がるほど嬉しかった。

拓巳はそれまでも私に優しかったけれど、それは単に幼馴染み特権のなせる業（わざ）。告白なんてしようものなら、この生ぬるくて心地よい関係も壊れてしまう。

だったらこのまま幼馴染みでいたほうがいい。

情けなくもそう思っていた私に、拓巳の恋人という宝くじが当たったのだから、嬉しくないわけがなかった。ましてや、宝くじを買いさえしていなかったのだから。

だけど浮かれたのは、最初の三ヶ月くらいまで。

拓巳は表情の変化に乏しく、付き合い始めてもなにが変わるわけでもなかった。キスをしても、セックスしても。

不安が膨らむのは、当然の結果だったと思う。

なにをしても態度が変わらないからこそ、拓巳がほんとうに好きなのはなにか、楽しいと感じることがなにか、わからなかった。

かといって、気持ちを伝えるのも尋ねるのも怖かった。万が一、それでなにもかも終わってしまったら。

ふたりでいても拓巳が楽しそうに見えなくなって、好きなのに一緒にいるのが苦痛になって……我慢して。

身動きが取れないまま季節だけが過ぎ、とうとう「無理」と言われたのだった。

私は薬指に嵌めた婚約指輪を、たしかめるように撫でる。何度も。

ちゃんとある、拓巳の印。

再会してから拓巳にもらった言葉のひとつひとつを、頭に思い浮かべる。

「大丈夫。あのときとは違うから」

「……たしかに、違うみたいだね」

意味深な目でひろくんの手が伸びてきて、下ろした髪を耳にかけられる。

耳の下や、うなじについた赤い痕を見られたのだと気づいて、私は思わず手で隠した。

「やだ、ひろくん。覗かないで。酔っちゃった？」

微笑むひろくんの目は静かだ。

「拓巳と別れたあと、律は僕にも連絡先を教えてくれなかったね。寂しかったな」

「それは……ごめん。私もひろくんとの関係まで、断ちたくなかったよ」

だけどひろくんとも連絡を取らなかったのは、事実だ。うなだれると、ひろくんに手を握られて混乱した。

拓巳と似た大きな手なのに、落ち着かない。

手を引こうとしても、ひろくんは放してくれなかった。それどころか私が壁際に逃げた分だけ、じりじりと近づいてくる。

かつてと変わらず穏やかな表情の幼馴染みなのに、ひろくんが急に知らない人に見えて、肩が強張る。どうして……？

頭がフリーズした。

鞄の中でスマホが震えるけれど、取るどころじゃない。

「拓巳だけが手に入れられるものがあるのは、気にくわないな」

握った手を強く引かれ、私はひろくんの腕に抱きすくめられた。

どうして、ひろくんが私を……!?

真っ白になった頭で考えようとするけれど、まったくわけがわからない。

「律は残酷だよ。僕といるのに、拓巳に写真を送ったりして」

動悸が激しくなる。え、ほんとになに?

鞄の中ではスマホがブー、ブー、といつまでも振動を続ける。

焦りが募っていく。ひろくんの胸を押し返しても、びくともしない。

「ちょっ……ひろくん、離して。帰らなきゃ」

「顔も生まれも、条件は拓巳とおなじだよね。むしろ僕のほうが、条件としてはいいよ。拓巳じゃ、どこまでいってもグループのトップには立てない」

「条件なんて、考えたことない! それ以上はほんとにやめて。いくらひろくんでも、許せる範囲を超え――っ!」

ますますきつく抱きしめられる。痛みに顔をしかめつつ、私は身をよじってひろくんを見あげた。

ひろくんは笑顔だ。でもどうしてだろう。笑っているようには見えなかった。

もしも私に気があるのが事実だとしたら、私を見るまなざしに熱があるはず。ある種の熱をこめて見つめる目を、私はすでに知ってしまっている。だから、わかる。

——ひろくんは私に気があるというより……。

なにかに思い至りそうになったとき、まだ拓巳の痕が残るうなじの、まさに痕のある場所にひろくんの熱い吐息がかかって——。

「ひろくん！」

自分でも驚くほど強烈な嫌悪感に襲われ、私はひろくんを思い切り押し返した。ひろくんが後ろ手をつく。

スマホはいつのまにか鳴り止んでいた。

「ひろくんはなんで自分じゃないのかって訊いたけど、ひろくんも私に本気じゃないよね。……ひろくんが気にしてるのは、拓巳でしょう？」

ひろくんが不意を突かれたかのように、動きを止めた。

「今度は三人で会おうよ。私は、ひろくんにもお祝いしてほしい。ひろくんは大事な幼馴染みだから」

財布からお金を抜き出してテーブルに置くと、私は個室から客で賑わうフロアに出た。

思ったよりも深い息が出たのは、意識した以上に気が張っていたからかもしれない。

動揺はまだ収まらなかったけれど、早足で店をあとにする。

ところが帰りかけた足は、いくらもいかないうちに止まった。

「拓巳……」

店の前の道路脇に、拓巳が佇んでいる。

「帰りが遅かったから、迎えにきた。電話もしたけど出ねぇし、もう少ししたら中に入ろうかと思ってた」

一度帰宅してから来てくれたようで、スーツではなく私服姿だ。

細身の黒パンツに薄手のカットソー、それからコットンカーディガンという組み合わせが、なんてことないのにこなれている。

強張っていた心が、拓巳の顔を目にしてほどけていく。

だけど私は、駆け寄ろうとして思い直した。

今の状態で拓巳の胸に飛びこんだら、泣いてしまいそうだった。そうなれば拓巳はきっとなにがあったのかと心配してくれる。

だけどそれは裏を返せば、ふたりの兄弟仲に影を落としかねなくて……。

私は拓巳に気づかれないように深く息を吸って笑うと、あえてゆっくり足を進めた。

「話が盛り上がっちゃって……拓巳に伝えてた帰りの時間よりオーバーしたのに、連絡しそびれてごめんね。今度は三人でゆっくり話そうねって言って別れたとこ」

「そうか……それならよかった」

言いながらも、拓巳の顔はまだ晴れない。

たくさん心配してくれたんだろう。

「だから拓巳の杞憂だって言ったでしょ。ひろくんもすっかり大人になってた……よっ？」

唐突に抱き寄せられ、語尾が裏返りかけた。

――待って、こんな人目のあるところじゃ……！

だけど拓巳の胸を押し返そうとして、できなかった。

腕の力が抜けていく。

少しだけ。少しだけだから、このままでいさせてほしい。

「律、おまえなんかあった？」

「……ないよ。なんで？」

「いつものおまえなら、怒って離れようとする」

私は返事の代わりに拓巳の胸に頬をすり寄せる。

今、どうしようもなく拓巳のぬくもりがほしい。

「……ほんとに、なにもないよ。拓巳が好きだなあって思っただけ」

そう、私にとってたしかなものはここにある。

拓巳のいる、ここに。

「それ、今言うか？　焦ってた俺がバカに思えるだろ。もうちょっとで、おまえたちんとこに踏みこむところだったんだからな」

「焦る？　拓巳が？」

「ああ。おまえを取られるかもと思ったら、いても立ってもいられなかった」

ふいにこみ上げた愛しさを渡すように、私は拓巳をぎゅっと抱きしめた。拓巳からもおなじ想いが伝わってくる。心がみるみる回復していくのがわかる。

拓巳の腕から抜け出ると、私たちはどちらからともなく手を繋いだ。指を絡めてきたのは拓巳から。

電車で来たという拓巳と駅まで歩く。帰宅ラッシュを過ぎて閑散とした改札を抜けた。ところが、ホームへの上りエスカレーターに乗る直前だった。

「律！」

だしぬけに名前を呼ばれ、私は改札のほうをふり返った。

「ひろくん……」

「律に言い忘れたことがあったんだ」

ひろくんは肩で息をしながら私たちの前まで来ると、拓巳を見やった。

「これを知ってもまだ拓巳がいいと思えるのか……教えてほしいんだ。最初に持ち上がった話では、結婚するはずだったのは律と僕だった」

「え……？」

唐突な話に、思わずふたりを交互に見る。

拓巳は眉をひそめたけれど、否定しなかった。

「もし拓巳の小細工に邪魔されずに、僕らが順当に顔合わせをしていたら――」

小細工？

「今さらかよ。無意味だろ。律は俺を選んだんだ」

「たまたま拓巳が先に出会ったからかもしれないのに？　拓巳は、律が後悔しないと断言でき――」

ひろくんが言いかけたそのとき、私の視界に、おばあさんと呼んでも差し支えないだろう年齢の女性がエスカレーターで足を踏み外すのが映った。

細い悲鳴が上がる。

折り畳み傘を手にした彼女が、キャリーケースもろとも転がり落ちてくる。

「あっ……！」

考えるよりも先に、足がそちらへ駆け出した。

だけど私の肩は誰かにぐいっと背後から引かれて――。

「律！」

身体ごとうしろに引っ張られる。背中がなにかに受け止められたのと、拓巳が目の前で女性の下敷きになったのは同時だった。

「拓巳……！」

常に涼やかな、だけど私の前では優しく細められる回数の増えた拓巳の目の下から、鮮血が流れていた。


駆け寄って女性を抱き起こす。ひろくんが彼女の荷物や折り畳み傘を拾いあげた。

拓巳がクッションの役割を果たしたのがさいわいしたようで、立ち上がった女性に怪我はなさそうだ。足をひねった様子もなくてほっとする。

だけど。

ひろくんが手にした傘の骨の先、雫が落ちる部分に血がついているのが目に入るなり、顔から血の気が引いた。

「拓巳っ⁉　うそ、目から血が……っ」

けげんそうにした拓巳が、目元を拭おうとして顔をしかめる。手の甲に血がべったりとついた。

「ねえ、拓巳⁉」

「なんともねぇから。律、落ち着け」

うろたえる私の肩に、立ち上がった拓巳が手を置く。だけど嫌な汗は止まらず、動悸も収まらない。心臓がどくどくと不穏な音を立てる。

拓巳は顔色を失った女性を笑顔で安心させると、平然とした様子で彼女が電車に乗るのを見送る。

「痛ぇ……」

「目は⁉　目、見えてる⁉　早く病院に行かなきゃ！」

下手したら、失明するかもしれない。最悪な想像に手が震えてくる。

いてもたってもいられず、私は自販機で買ったペットボトルの水でハンカチを濡らすと、ホームのベンチに座った拓巳の前に膝をついて目の下に当てる。拓巳が痛みに呻いた。

「タクシー呼ぶから！　今すぐ病院行こう、立てる？」

「だから律、落ち着けって。切ったのは目の下。目じゃねぇから」

「でも！　めちゃめちゃ血が出てるし腫れてるし……！」

「おまえのこともちゃんと見えてる。……律が怪我したんじゃなくてよかった。おまえが怪我したら、ウエディングドレス姿が台無しになるしな」

「そんなのどうだっていい！」

「よくない。おまえは俺にとっては、俺より大事なもんだからな。傷なんかひとつもつけさせたくねぇし、おまえになにもなくてマジでよかった」

「……っ」

拓巳は笑って言うけれど、痛々しい傷に顔が歪む。

ところがよく見ろと再三うながされ、おそるおそる覗きこんでみれば、拓巳の言うとおり目そのものが傷つけられた形跡はなかった。

「ああもう、ほんとよかった……！」

あのとき、駆け出した私の肩を引いたのは拓巳だった。身体がうしろに傾いて、私は次の瞬間ひろくんの胸に預けられていた。

代わりに拓巳が、女性の下敷きになった。

目のきわの怪我は、傘の骨の先で切れてできたものだろう。怪我をしないよう丸く作られている部分だけれど、運悪く削れていたのかもしれない。

内出血もしたようで、頬骨の高い部分は赤黒く染まっている。目に異常はなさそうとはいえ、念のため眼科に行かせないと。

「どんな暴力沙汰を起こしたのかって、社内で噂になりそうな顔だね」

それまで黙って見守っていたひろくんが、拓巳の前に立った。顔を上げた拓巳が、安堵の表情を浮かべる。

「博、サンキューな」

「は？」

「律のこと、受け止めてくれたから」

「お前が僕のほうにやったのに？」

「博がいたから、安心して律を任せられたんだろ。でなかったら、律まで怪我させてたかもしれねぇし」

「……」

「つぅか律、おまえもそんな顔すんなって。そんなに痛々しく見えるのかって、嫌でも意識するだろ？　じろじろ見るなら、しばらく隠しとくか……？」

まだ浮かない顔をしていた私を安心させようとしてか、ベンチから腰を浮かせた拓巳が笑う。

ふと思いつき、私は鞄から眼鏡ケースを取り出した。

「そうだ。私の、使う？　仕事中は眼鏡必須だから持ち歩いてるけど、度は入ってないよ」

「ん、借りるわ」

ケースから取り出した女性用の眼鏡を、そっと拓巳にかける。拓巳はキツそうに眉を寄せた。

サングラスではないので、傷が完全に隠れるわけじゃないけれど、これならほかの人をぎょっとさせるほどではなさそう。私たちは本来乗るはずだった電車のホームへと場所を移すことにした。

「……さっき」

ひろくんがつぶやく。私たちは足を止めてふり返った。

「人が転がり落ちるのを見ても、律が駆け出しても、足が動かなかったよ。頭のどこかで、状況を静観するだけだった。律を庇うとか、自分が代わりになるとか、そういう殊勝な考えは浮かばなかった。せっかくの見せ場だったのにね」

「ああいう場面に出くわして、そうそうとっさに動けるもんでもないだろ」

「けどお前は動いた、拓巳。……その違いだよ」

言い終えたひろくんは、なにか吹っ切れたような空気をまとっていた。

もう、しんと冷たい笑顔じゃない。

そこにいるのは、私の知っているいつもの温厚なひろくんだ。

「本物の本気を、目の前で見せつけられたよ」

「なにが?」

拓巳はけげんそうにしたけれど、私には伝わった。ひろくんは、お店での私の発言を指して言ったんだ。

「だって私は昔から、ふたりを見てきたからね。ひろくんのことも、よく知ってる」

「それで、拓巳を選んだ?」

「選んだんじゃないよ。ただ、最初から拓巳を……好きだっただけ」

拓巳と目が合う。話の流れがつかめずにいるらしい拓巳の目元が痛々しい。想い続けてきた日々の記憶が唐突に膨れ上がって、胸がつまった。

ひろくんがややあってから、目を伏せて「そっか」と笑った。

会社に寄っていくというひろくんと別れ、拓巳と電車に乗る。

気づけば夜の十一時を越えていて、乗客もまばらだ。

規則正しい揺れが心地いい。夜の電車は疲れた身体に眠気を運んでくる。いつもなら、欠伸をしていたかもしれない。

でもさすがに今日は、目が冴えて眠るどころじゃない。

脳裏には目から血を流した拓巳の姿がちらついて、鼓動が乱れたまま。長い一日だった。

「ほんとうに、目はなんともないの？」

女性ものの眼鏡が似合わない拓巳の目を、何度も横から覗きこむ。

拓巳はそのたびに「なんともないって」と返したけれど、そのうち鬱陶しそうに言い放った。

「律。ちょい黙ってて。今それどころじゃねぇんだよ」

「なによ。それどころじゃないって」

むっとしかけた私に、腕を組んだ拓巳が首だけを傾けて耳打ちした。

「おまえさ。俺を最初から好きって、いつからだよ」

「えっ」

目が泳いだ。

いくら少ないといっても、ほかの乗客もいる。こんなところでその話する……!?

「そ、それはっ」

「なんだよ、でまかせか。まあ……知ってたけどな。おまえが昔、博を好きだったって」

「いやいや、でまかせじゃないけど。ってか、そこでなんでひろくんが出てくるの!?」

声が上ずった。

一斉に乗客からの視線が刺さって、私は慌てて声を落とす。

「ひろくんは幼馴染みとしては好きだけど、そういう目で見たことは……え、待って、もしかして付き合ってたときもそう思ってたの？」

「そりゃあ……おまえ、俺といても楽しくなさそうだったし」

拓巳が目を逸らして前を向く。

向かいは空席で、真っ暗な夜が透けて見える窓には、私たちの姿が鏡のように映りこんでいる。拓巳の顔が強張っているのも。

「そんなことない。ううん、そうだったかもしれないけど、それはひろくんとは関係なくて」

「じゃあなんだよ」

「だって、あんな始まりだったから……拓巳は先輩に言い寄られるのを避けるために私とカレカノってことにしただけで、私を好きなわけじゃなかったし……」

「は………なにそれ、マジ？」

「好きだなんて言ったら終わりそうで、言えなくて……ってそれは、勇気がなかっただけだけど！　ごめん、今、拓巳のせいにしようとした」

拓巳が信じられないというふうに、私を凝視した。

「いや俺……ずっとおまえは博が好きなんだと思ってた。だから、文化祭のときおまえが博と話してるの聞いて……律が笑わねぇのは俺が我慢させてたからだって知って……おまえを解放しなきゃなって諦めて」

「じゃあ……『無理』って言ったのは？」

「それは……自分に言い聞かせるためと、そう言えばおまえもさっさと博のところにいけるだろうって」

拓巳が「いや」と声を落とした。

「今俺も、おまえのせいにしようとしてたな。あのとき、なんも言えなかったのは俺のくせに」

言葉が見つからない私に、拓巳が弱々しく笑った。

「昔から、どうしても博に勝てなくてさ。勉強も、運動も。あいつは人たらしだから大人にも可愛がられてて。俺はそこにいてもいなくても害のない添え物っつうか。まあそれで引け目があったんだよな。だからおまえと付き合っても、博に敵わねぇっていう思いが抜けなかった」

「拓巳……そうだったんだ」

知らなかった。私は自分のことにいっぱいいっぱいで、その当時、拓巳が悩んでいたことに気づいてあげられなかった。

「あーあ……あのころのうちに、気づいてあげたかったな」

「なに言ってんだ。あのころの俺は、ダセぇ自分をおまえには知られたくなかったんだって」

「ふふ、そっか。今はいいの？」

「取り繕っても、どうせバレるとわかったしな」

ふと、ひろくんもまた拓巳に複雑な感情を抱えていたのかもしれないと思う。

あの店で私に迫った目には、拓巳へのライバル心や嫉妬らしいものはあっても、私自身への執着はふしぎと感じられなかった。

それに私に執着していたなら、婚約の前に横やりを入れてきたはず。

だからきっとあの言葉が、拓巳には見せないひろくんの本心だった。

『拓巳だけが手に入れられるものがあるのは、気にくわないな』

離婚して、寂しさを抱えていたのかもしれない。そんなことも、きっかけだったんだと思う。

だから、店でのことは私の心に留めておく。兄弟のいがみ合いなんて、ないほうがいい。

「まあでもまさか、勘違いのまま十年も会えなくなるとはな。自分がバカすぎて救いようがねぇわ」

拓巳が腕を組んでぽつぽつと話す。自嘲めいた響きに、隠しきれない後悔がにじんでいた。だけど後悔したというなら私もおなじ。

——私たちは大事なことを伝えないまま、たくさんの時間をふいにしてしまったんだ。

手振りで頭を屈めてと頼むと、拓巳がいぶかしげに頭を傾ける。

私はその耳元に顔を寄せてささやいた。

「好きだよ」

拓巳が目をみはって、組んでいた腕を解いた。

今でも忘れたことはない。

母が久我ホテルで働き、母子ふたりの暮らしが板についてきた中学三年のお正月。

久我ホテルは冬が一番の繁忙期になる。日本海が近く冬場は魚が美味しいのに加え、豊富な雪でスキー客も集まるからだ。

母も連日残業だったけれど、それが祟ってお正月に倒れたのだった。

ふたりで過ごせると張り切っていた私は、パニックになった。お年玉やおせちどころじゃない。

救急車なんか呼ばなくていいと弱々しく言う母を前に、どうしたらいいかわからなくて、怖くて。

もしも母が死んでしまったらどうしよう、という不安に押し潰されそうになっていたとき、拓巳が家まで訪ねてきたのだった。

拓巳は部屋で倒れた母と、取り乱すあまり動けずにいる私を見てとると、すぐさまタクシーを呼んだ。そして救急診療をしてくれる病院まで付き添ってくれたのだ。

インターホン越しに拓巳の姿が見えたとき、なんの根拠もないのにもう大丈夫だと思ったのを覚えている。

母は点滴をして一日だけ入院した。その手続き中も、拓巳はずっとそばにいてくれた。

思えば、拓巳もまだ高校生で動揺したに違いないのに、そんな素振りは少しも見せなかった。

受験をする私のために買って来たという合格御守を握らせて、母はぜったいに大丈夫だと言い続けてくれた。

あのあとけろっと回復した母は「合格御守で助けてもらえるなんてねえ」と笑ったけれど。

私はそのとき、ずっと決めかねていた志望校を拓巳の通う高校に決めたのだった。

「拓巳がくれた御守……、人にあげちゃった。でも、あのときから、拓巳は私にとって特別な人だったから」

妊婦に渡したあの御守は、私にとっていつでも最強の御守だった。拓巳と別れても、あれだけはずっと私の元にあった。

拓巳がゆるゆると笑みを広げる。甘く、溶けそうな表情で。

目元が腫れていても、少しも損なわれることのない端整な顔が近づく。拓巳が眼鏡を外すと、真剣で熱を帯びた目が私を射貫いた。

胸に湧いたある予感に、私は焦って周囲を見回した。

「いやっ、ここではちょっと……」

「誰も見てないって」

「いやいやいや、そんなことない！」

迫ってくる拓巳の胸を押し返すけれど、これっぽっちも効いてない。

それどころか、拓巳の手が私の腰を固定する。

「律、うるさい。人目を引きたくなかったら、ちょい黙ってて」

——逃げられない。

「そう言われても……っ！」

ちら、と横目でうかがえば、斜め向かいに座ったＯＬらしき女性とばっちり目が合ってしまった。あああ。

拓巳が外した眼鏡でほんの申し訳程度に私の口元を隠した。女性がさっと目を伏せる。ほとんど同時に、唇がやわらかく塞がれた。


先日訪れたのとおなじ上客用のラウンジに通された私たちは、SHIRASEの店長直々に結婚指輪を渡された。もちろん刻印入りだ。

「久我様、結城様。ご婚約、誠におめでとうございます」

「いつものとおり下の名前で結構ですよ。ありがとうございます」

拓巳が恭しい手つきで、私の左手薬指に結婚指輪を嵌める。

この前まで特殊メイクでも施したかのように赤黒く腫れていた目元は、今はもう元通りだ。傷口も綺麗に消え、精悍な顔が戻っている。

結婚指輪を婚約指輪と重ねると、やっと完成形を見た思いがした。胸の奥がじわりとあたたかくなる。

嵌めた感じも刻印にも問題ないことを確認して、私は結婚指輪を元の箱に大事に収める。こちらは春先までお預けだ。

「柊哉さんの奥様はその後いかがですか？」

「その節は、久……拓巳くんにはご迷惑をお掛けしました。おかげさまで大したこともなく……実は今日、拓巳くんに会うと話をしたら、美咲も会いたがりまして」

「それは嬉しいな。また妻と挨拶に伺わせてください」

「いえ、それが」

と白瀬店長は苦笑まじりに部下に目配せした。

やがてラウンジに臨月だろうお腹の膨らんだ女性が現れた。落ち着いて控えめな印象の、綺麗な女性だ。

白瀬店長は、入ってきた女性の背に手を添えた。

「拓巳くんにぜひお祝いを言いたいと、来てしまったんですよ」

「久我さん、奥様、おめでとうございます」

年齢は私とさほど変わらない気がするのに、美咲と呼ばれたその女性はたおやかな雰囲気をまとっていた。見惚れていた私は慌てて頭を下げた。

「美咲さんも、まもなくお子さんがお生まれになるとか。おめでとうございます。予定日はいつ？」

「来月には。生まれる前から、ヒヤヒヤさせてくれる子ですが……」

「美咲に似たね。なにかと驚かせてくれる」

白瀬店長がふわっと笑い、美咲さんのお腹に手を当てる。さっきまでの仕事用の顔から一転して、奥様を深く愛しているのが伝わってきた。

美咲さんも、愛されているがゆえのうつくしさを放っている。

「あの……私も触らせてもらっていいですか？　お腹……」

「ええ、もちろん。この子も喜びます」

私がお願いすると、美咲さんは喜んで応じてくれた。

私は拓巳と顔を見合わせてから、ゆったりとしたワンピース越しに美咲さんのお腹に触れた。

「わぁ、パンパン……」

「そうなの、すくすく育ってくれるのはいいんだけど、このままだとお腹が破裂しそう」

幸せそのものの微笑に受け止められ、私たちはしばらく和やかなときを過ごした。


帰り道、拓巳の運転する車の助手席で、私はさきほどの店長と美咲さんの雰囲気を思い返していた。

SHIRASEは老舗ジュエラーだ。一代でグループ企業を展開した拓巳のお父さんとはまた違うとしても、美咲さんも次期社長夫人として苦労する部分がないわけじゃないと思う。

それでもそんな苦労をいっさい見せずに白瀬店長に寄り添う様子は、眩しかった。

それに、あの大きなお腹……。

「どちらが生まれるんだろうね？」

「柊哉さんたちはもう知ってるだろうけど。あの家なら、男でも女でも歓迎されそうだな」

「拓巳の家はどう？」

「はっ？」

珍しく拓巳がうろたえたように見えた。

「あ、訊かないほうがよかった？　っていうか、気が早いよね」

「いや、そういうことをおまえが考えてくれるんだと思ったら、なんかグッときた」

そう言われると照れる。

そんなささいなことで、拓巳が喜んでくれるなんて。

「……考えるよ。子どもは何人がいいかなとか、やっぱり跡取りの関係で男の子のほうがいい？　とか。あ、でも拓巳に似た男の子だったら、モテ過ぎて私が苦労しちゃう」

「どっちでもいいけど、どっちに似ても不器用そうだな」

「あはは。言えてる……！」

それこそ苦労するのが目に見えるよう。

でも拓巳との子どもなら、どんなふうに育っても間違いなく可愛い。

「大事な気持ちは口に出して伝えなきゃ伝わらないよって、教えこまなきゃね」

「だな。けど、まだ先の話だ。少なくとも式までは、律とふたりでいたい」

「……うん、私も」

運転席の拓巳がちらっと私を見て笑う。

昔に比べたら、拓巳はずいぶんと表情豊かになったと思う。私を見つめる目はずっと甘く、優しくなった。

それでもまだ、表情を読むだけでは伝わらないことがある。

お互いに伝え足りないこともきっとある。

私たちはこれからも、たくさんの言葉を紡いでいく。くだらないことも、大切なことも。

昔の思い出も、未来の展望も。

――だけどただひとつ確実なのは。

二度と、伝えようとする心を諦めないでいよう、ということ。

「そうだ」と私は拓巳の運転の邪魔にならないよう控えめに袖を引いた。

「婚姻届の証人のひとりは、ひろくんがいいな」

「俺もそう思ってた。今度ふたりで頼みにいくか――」

【四章／拓巳】　可愛すぎる婚約者と、俺のしたことについて

秋も深まった日曜日の朝、ベッドから身を起こすと、窓を叩く雨の音がカーテン越しに聞こえた。

隣では律がまだ深く寝入っている。越してきた当初は別々の部屋だったが、今ではごく自然に一緒に寝るようになった。

律が「ん……」とわずかに身じろぎする。

肌触りのよいルームウェアから覗く胸元に、昨夜つけたばかりの鬱血痕が映える。

疲れが残っているだろうから、まだ寝かせてやりたい。

律が起きる前に朝食を作るのは、最近の俺のちょっとした楽しみでもある。俺は、静かにベッドから下りると寝室の扉を閉めた。

顔を洗ってキッチンに立つ。今日はなにを作ろうか、ホットサンドにするか、それとも

またパンケーキか。和食でもいいが、和食は律のほうが得意だ。

考えていると、律が起きてきた。

「はよ。早かったな」

「早くないよ、起こしてって前も言ったのに……おはよ」

すっぴんの顔がまだ眠たげだ。全身にも気怠げな気配が漂っている。

うなじの右側、一カ所だけ髪が跳ねているのが可愛い。元からくせ毛らしく、律は気にしているが。

高校生の俺たちが親の目を盗んでシたときには、気づきもしなかった律の一面だ。

「今日はなに食いたい？」

「んー、そうだなあ……あっ、あれ！　フレンチトーストがいい」

「あれはたしか、前の夜から仕込みが要るだろ」

「レンジを使えば、卵液を早く染みこませることができるって、なにかで見た気がする。ちょっと待って」

律はダイニングテーブルに置いていたスマホを取って戻ると、さっそくレシピサイトで検索をかける。

やけに真剣な顔つきだ。

「律」

「んー？　なに……」

検索画面をスクロールする手を止めない律の唇に、触れるだけのキスをする。律の頬がまたたくまにほんのり赤く色づいた。

白く透けるような肌に映える。すっぴんだからよけいにそう思うのか。

「あのね、拓巳。人が真剣に調べているときに邪魔しないで」

赤い顔でにらまれても痛くも痒くもない。しかし俺は大人しく律の言うとおりに材料を並べる。

卵、牛乳、甘みを控えるため砂糖の代わりにハチミツ。食パン。

材料をよくまぜて卵液を作る。ハチミツを入れたからか濃いクリーム色になった卵液に指先を軽くつけ、舐めてみる。

「甘……」

「ハチミツ入れすぎた？　どれどれ」

と指先を卵液につけようとした律を遮り、俺は卵液にふたたび指をつけると律の口の前に突き出した。

「ほら、舐めてみ」

「……っ」

律は物言いたげに俺を見あげたが、やがて観念したらしくそっと俺の指を咥えた。

ずくりと、身体の芯に火が点く。

これは……ヤバい。

「私はこれくらいの甘さでちょうどいいかな。ハチミツだと、やっぱり砂糖より優しい甘さ……んんっ」

卵液のおかげなのか艶めいた唇に、俺はふたたび指を入れる。ハチミツをつけたから、さっきより甘いはずだ。

抗議するのを諦めたようで、律は俺の指についたハチミツをていねいに舐め取る。妙に色っぽい動きに、また下半身が反応した。

「律、おまえ誘ってる？」

「なにをっ……!?」

目を剝く律に薄く笑って、もう片方の手で律の腰を抱き寄せる。それだけで律の目が潤んでくる。笑みが広がってしまう瞬間だ。

律があとずさり、そそくさと食パンを半分に切って卵液に浸す。俺はまた律を抱き寄せた。

「ヤバい、腹が減ってきた」

「じゃあ早く作っちゃお――」

「無理。今すぐ食いたい」

大きく開いたルームウェアの襟ぐりに齧りつく。

「ちょっ……！　んっ」

律が喉を反らし甘く細い声を上げる。それを耳にしたら、ますます飢えがひどくなった。鎖骨の窪みから首筋へ唇を這わせ、片手で律の耳下から顎を固定して唇を塞ぐ。いっそう甘くなった声が鼻から抜けた。

わざと水音を立てて、律の口内へ舌を入れる。角度を変え、覆い被さるようにして余すところなく貪る。

律の身体から力が抜けていくのを感じ、俺は細い腰を抱く。

そのままキッチンの作業台に律を押しつけ、カットソーの裾から滑らかな肌に手を這わせた。

「拓巳っ……やめ……」

キスの合間を縫って、律が切れ切れに訴える。そのくせ俺を押し返そうとはしない。

俺は律の訴えを流してナイトブラを押し上げる。瑞々しく量感のある胸が揺れ、緩急をつけて揉んだ。

すでに硬く立ち上がった先っぽも指でしごいてやる。

「あっ……拓巳……っ」

律がたまらなそうに俺を呼ぶ。

この瞬間が好きだ。

焦燥感にかられて律を前後不覚になるほどほしがらせることはなくなったが、今でもこうして律が俺を呼ぶたび満足感が身の内を浸す。

同時に、自制心は崩れていくわけだが。

いよいよ止まれなくなり、俺は胸を揉みながらもう一方の手を下へ滑らせる。

すらりと細い足を包むショートパンツの穿き口を浮かせて陰核に触れると、律が大きく仰け反った。すでにそこはぐっしょりと濡れている。

俺は気をよくして、手のひらで陰核をこね指先を秘裂に沈める。水音が弾ける。

また律が大きく仰け反る。声がますます甘く、艶を帯びていく。

「は、気持ちよさそ……」

「っ、こんなはずじゃ、朝からダメだってば……あぁっ！」

名は体を表すというが、律はまさしく生真面目で律儀だ。だが一方で、押しに弱い一面もある。

そんな律が俺にされるがまま、快楽に飲みこまれていくさまを見るのは、楽しい。

ナカがぎゅっと俺の指を食い締めるのも、歓んでいるのがわかっていい。

俺は律の身体を返して作業台に手をつかせると、背後からショーツごとすべて引き下ろした。

あふれた愛液が太ももを伝うのが目に入る。

俺は膝を屈めてそれを舐め上げ、背後から秘裂に舌を入れる。律がひときわ甘ったるい声を響かせた。

華奢な膝が震え始め、ナカが大きくうねる。

俺は舌を引き抜き、代わりに指を押しこんだ。律の敏感なところを、わざと強くついてやる。

「はあっ、はあっ、拓巳ぃ……っ」

「気持ちいいか？」

「気持ちいい……イイの……っ、や、あっ、もう来ちゃう、きちゃう――……っっ！」

淫猥な音を立てて、ナカがこれまでになく収縮した。とぷりと愛液があふれ、俺の手を伝う。

俺はそれを舐め取ると、スウェットの前をくつろげた。

いきり立ったものを取り出す。ふり返った律が目を見開いた。

「ここで……!?」

「わり、我慢できそうにねぇわ」

俺は火傷(やけど)しそうに熱くなった陰茎を手にしたが、律が俺をふり返った。

「じゃあ……私にも、させて」

「は？」

「私もゴムをつけるって、前に言ったでしょ……拓巳のことも、気持ちよくしたい」

言うが早いか、律が俺の前に膝をつく。

俺の陰茎を握ると、たどたどしく舌を這わせ始めた。まるで猫がミルクを舐めるような動きだ。むず痒くて、もどかしい。

俺はたまらず深く息を吐き、律の髪に指をかき入れる。長い髪がさらりと揺れた。

「……っは、律……ヤバい、おまえの口に突っこみたくなる」

「こう？」

と律は口全体で俺を中に招き入れた。手を添えて口をすぼめ、俺を吸い立てる。

うまいとは言い難いが、俺のために一心不乱に口を動かす姿に、滾る。

自分でも、陰茎がさらに大きさを増したのがわかる。

今すぐ出したい。出して、律に受け止めてほしい。

「っく……律、マジでそれ以上はやめろ。おまえの口に出しそう」

「出していいよ。拓巳もよくなって……ほら」

ぎゅっとキツく吸い上げられたとたん、快感が脳天まで突き抜けた。

とっさに引き抜こうとしたが、律は逆に深く咥えこんでくる。俺はクソ不味いだろう男の精を律の口内にぶちまけた。

「っ……！」

口を押さえた律を見て、われに返った。

「おい、吐け。律……律？」

「……飲んだ。不味ーい」

「だから吐けっつったろ。なにやってんだ」

「だって私も拓巳の味、知りたかったし……」

「おまえな……っ」

呻いてしまう。

——そんな可愛いことを言うんじゃねぇよ。止まらなくなるだろ……！

だいたい、俺を煽っている自覚が本人にないのが罪深い。だからこそその威力が半端ないわけだが。

「……嫌だった？　ごめんね」

「嫌じゃねぇって。ただ、知らなくてもいいもんを無理して知ろうとすんなっていう話」

知らなくていいことはほかにもある。

——たとえば、博の再婚相手に律はどうかという話をどうやって俺が覆したか、とか。

俺は律の前に屈みこんで唇を塞ぎ、俺のもので汚れた口内を綺麗に舐め取ってやる。はあ、やっぱりエグい。

このエグみを進んで受け入れた律に対して、愛おしさがいっそう膨らむ。

「拓巳っ、それ押しつけないで……ってまた大きくなってる!?」

「そりゃそうだろ。まだ食ってねぇし。そういや、おまえこれつけてくれるんだっけ？」

俺はスウェットのポケットに入っていたゴムのパッケージを渡す。

とたんに頬だけでなく耳も赤く染め上げた律に「するって言ってたよな」とダメ押しすると、律がぎこちなくうなずいた。

「なんで持ち歩いてんの……」

「昨日シたとき、ポケットに突っこんでたのが余ってた」

「……バカ」

陰茎にゴムが被せられる。俺は、目を伏せる律の顎をすくってキスをした。

貪るように口内を暴き、立ち上がりざま律をふたたび作業台に押しつける。背後に覆い被さると、ぐちゃぐちゃに濡れたナカに息つくまもなく突き立てた。

「あ……！　あっ、あっ」

肌をぶつける音に、水音がまじる。律が喘ぎながら手を伸ばして、卵液に浸したパンの入ったバットを遠ざける。

律の締めつけがキツい。実際に抜くわけでもないのに、抜こうとするだけで、みだりがましくまとわりついてくる。

軽くナカを揺さぶってやると、律が細く喘いだ。

頭の芯に火がつく。水音が淫らな破裂音をともなって、ぐちゅぐちゅと耳を犯す。

「律が俺の妻になるんだよな……早く、おまえは俺の妻だと言いふらしたい」

「なっ……！　あっっ、あっ、んっ」

「律？　おまえ今、感じた？　ナカすげぇ収縮したんだけど」

身体を支える力を失って、ずるずると上半身を作業台にもたせかけた律が、惚けた顔で俺を見あげる。

誘われるように身を屈め、俺は律の細い首に軽く歯を立てた。むき卵を思わせるすべらかな肌は弾力があって、吸いつくかのようだ。

どれだけ食っても、飢えていく。

頭を起こし、腰をさらに奥へ打ちつけると、声を押し殺すことを考えもつかないのだろう蕩けた嬌声が漏れた。

「そ、そんなの、拓巳が……っ、妻って言うから、あっ、んっ、ああっっ」

「そうなるんだから、しかたねぇだろ。やっとおまえが俺んとこにきたっつぅか……おい、おまえ感じすぎ。締めつけんなって……っ」

「あ、ああっ、だって私も拓巳とおなじだから……ああ！」

律が昂ぶるスピードの速さにつられ、俺もたちまち余裕がなくなった。こめかみに汗が

浮かぶ。

突いた先に律のイイ部分が当たる。俺は律の腰を引っつかみ、そこをこれでもかと責め立てる。

律を抱いているという事実、誰はばかることなく律のそばにいられるという事実で、頭がバカになる。

もう爆ぜそうだ。俺は興奮のまま、律に溺れる。

「拓巳っ、私もう……あっ、あっ、あんっ……！」

「いいよ、俺もイく。俺たち、幸せになろうな――……」

「うんっ、ん、あ、あ――……っっっ」

律の背中が大きくしなる。

俺はこれまでで一番深い場所に雄芯を叩きつける。律に俺を刻みつける。二度と離さないという意思をこめて。

頭の芯が甘く、どこまでも余韻を引いて痺れていった。


シャワーを浴び着替えを終えても、律はまだぷりぷり怒っていた。

「もうっ。朝ご飯食べるの、遅くなっちゃったじゃない……！」

「たまにはいいだろ。どうせ外は雨だし、予定もなかったしさ」

「そうだけど」

頭のてっぺんでお団子にまとめた律は不服そうだ。しかし本心ではないことくらいわかる。律の声のトーンは、さっきより甘い。

卵液に浸したパンをレンジであたためたため、卵液をじゅうぶん浸透させてから焼く。砂糖の代わりにハチミツを使ったので表面はカリッとはいかないが、きつね色の焼き目ができると甘く脳を溶かすような香りが漂う。

揃いで買ったプレートに盛りつけ、上からさらにハチミツをかける。

さっと焼いたベーコンを合わせれば、甘いとしょっぱいの絶妙なハーモニーができあがる。

コーヒーメーカーからは律好みのまろやかな味わいのコーヒーの香りも漂ってきて、俺たちはいそいそと用意を終えるとテーブルについた。

「んんんっ、これは……今、口の中に幸せがじゅわーっと広がったよ」

「旨いな、思ったより軽くて食べやすいわ」

なにより目の前で律が旨そうに食べるのが、一番のご馳走だ。俺は自分のフレンチトーストを切り分けると、律の皿に移した。

「これも食え」

「いやいや、こんなにもらったらいつか丸々と太った豚になっちゃう……」

「おまえがこれからどんなふうに変わっても、俺は間違いなくおまえが好きだわ」

フレンチトーストを口に運びかけていた律が固まる。頬が紅潮していくのを、俺は愉しく見守りながら朝食を終えた。

朝食はいつのまにかブランチの様相に変わり、雨も止まない。俺たちは、このあとどうするかをとりとめもなく話しつつ食器を洗う。

といってもほとんど食洗機がやってくれるので、大した労力じゃない。食後にもう一杯飲むかとコーヒーメーカーを再度セットしたとき、スマホが鳴った。

「拓巳のが鳴ってるよ、電話っぽい」

「んー」

ダイニングテーブルを拭いていた律が、キッチンにいた俺にスマホを差し出す。律はメイクしてくるといって洗面所に下がった。

俺はこっそり息をととのえてから電話に出る。律の前より一段低い声が出た。

「……もしもし、博? なんだよ」

『よかった、起きてて。メッセージくれた件、僕は今日ならいいよって言おうと思ったんだけど』

博の声が滑っていく。俺は壁際の時計を見あげた。十一時。もうそんな時間か。

「署名のことか。律に聞いてみるわ。また連絡す――」

『それとさ。律はなんか言ってた？　この前の、僕とのデートのこと』

「デートじゃねぇよ」

『その調子だと、知らないみたいだね。あの日、律を口説いたよ』

「……この際だから、訊いとく。正直に言えよ。ほんとうに、口説いただけか？」

あの日、店の前で抱きしめた律はかすかに震えていた。

問いつめるのをかろうじてこらえたのは、律がなんでもない顔で笑ったからだ。律が、俺たちのことを考えて言葉をのみこんだのだと察したから。

その健気な気遣いを無下にしたくなかった。

だが、はらわたは煮えくり返っていたのだ。律を怯えさせた博に対して。

『気づいてたんだ。まあ……弱ぶって、律につけこもうとしたけれど、びくともしなかったから。ついムキになって強引なことをしそうになった』

「おまえっ……！　律に手ぇ出したのかよ」

自分でも驚くほど冷え冷えとした声が出た。拳を固く握る。

『まっさか！　そこまではしてないよ。ただ……律は情に流されやすいと思っていたけれど、それは拓巳に対してだけなんだね。思い違いだった。律を嫌な気分にさせたと思うから、律にも拓巳から謝っておいてよ』

「自分で謝るか、それができないなら、ひとりで一生罪悪感を抱えてろ」

人当たりのよさが災いして、博巳の本心は昔からつかみにくかった。

俺たち兄弟はタイプは違うが、ふたりとも本心が伝わりにくいようにできているらしい。

ただ……双子だからかなんとなく感じるものはある。程度の差こそあれ、おそらく博巳も律に気がないわけじゃなかった。

当然、律には言うつもりもないが。

それに、これもなんとなくわかる。今の博巳にとっては、律はもう弟の恋人であり将来の義妹になっている。

『とにかく、僕は謝ったから。でも拓巳も僕に謝ることがあるよね？　僕と律の縁談の件――』

俺は思わずリビングの扉を見やった。

よかった、律はまだ戻ってきていない。俺は声をひそめた。

「……博の声を真似たのは悪かったと思ってる。博のふりで、父さんには俺を推薦した。けど、それについて謝る気はないからな」

律と連絡先を交換した婚活パーティーのあと、俺は念のために外堀を埋めにかかることにした。手始めが、父を味方につけることだ。

幼馴染みと再会した。向こうも結婚願望があるようだから、彼女と結婚したい。

俺が結婚すれば、博巳の離婚で懸念されたブランドイメージの低下も払拭できる——。

ところが、父は歓んだあとこう続けたのだ。

「それなら、久我リゾートの顔である博巳の再婚のほうが最適だ。企業イメージの低下を防ぐ意味では効果が高い」

言葉を重ねても埒があかず、父は博巳の再婚を今にも進めそうな勢いだった。会社のトップだけあって、意思決定のスピードが速い。

こうなったら、父が博巳に連絡を取ってからでは遅い。

俺は伝手を使い、海外電話を装って博巳の声音で父に断った。そうしておいて何食わぬ顔で俺自身を薦めた。

父は俺を博巳と取り違え、俺の言ったとおりに律の母親に連絡を取った……というわけだ。

『詫びの代わりにひとつ教えてあげるよ、拓巳。揃いの服を着ておなじ髪型をしていた昔ならともかく……父さんがほんとうに、今でも俺たち息子の声を間違えると思う？』

「……は、え？」

訊き返そうとしたときには、電話は切れていた。

今のは……父は俺が博巳になりすましたのに気づいた上で、あえて俺の話に乗ったという意味か？

俺がそれほど律に執着していることに、気づいたのか。

してやられたとは思うが、不快感はない。それどころか……。

「拓巳、なに笑ってるの？　ひろくんはなんて？」

律がリビングに入ってくる。オフホワイトの薄手ニットに、目の覚めるような赤のフレアスカート姿が、律の優しい雰囲気に似合う。

「今日の午後なら、婚姻届に署名できるって。どうする？」

「行く！」

律が大輪の花を思わせる笑顔を咲かせる。

女らしいあでやかな律の姿を博巳に見せるのは癪だ——と思いつつも顔には出さず、俺は笑ってうなずくと、婚約指輪を嵌めた律の薬指にキスをした。

エピローグ

春の野原を思わせるパステルカラーの服が本格的に売れ始める、三月の初め。

看板メニューの手毬寿司がＳＮＳで「映える」と人気のモダンなお鮨屋さんでも、春らしい色合いのファッションに身を包んだ女性客が目立つ。この時期は、誰もが多かれ少なかれ浮き立っていると思う。

そう口にすると、左隣の仲野さん――今ではさくらちゃん、と名前を呼ぶようになった――が、ランチコースの先付である菜の花の辛子和えに舌鼓を打ちながら顔をしかめた。

「律さんのは、季節と関係ないですよね。過去イチ浮かれてるからって、お客様と一緒にしないでください」

「まあ」と、白木のカウンター席で私の右隣に座った真由子さんが、さくらちゃんの塩対応におののいた。

三人でランチをいただくのは、これが初めて。

さくらちゃんとは最近、ちょくちょく昼休憩を一緒に取っている。今日は、ちょうど昼時に真由子さんから連絡があり、急きょ女子会の運びとなったのだ。

都会にありながら周りに自然の多いこの店は、料理の見た目だけではなく味も折紙付きで連日満席になるという。

「この子、りっちゃんへの当たりがキツいのね。りっちゃん、やっぱり一から教育し直したらどう？　私も協力するわよ。それともこの子のようなタイプには、男性からの教育のほうが効果があるかしら？」

運ばれてきた牡丹海老の手毬寿司を口に入れたさくらちゃんが咽せた。すかさずお水を渡し、背中をさすってあげる。

「なんか顔色が悪くない？　大丈夫？」

「すみません、ちょっと嫌なことを思い出しまし――」

胸に手を当てて呼吸をととのえたさくらちゃんが、今度は硬直する。視線が私の肩越しに背後へ流れ、怯えたように揺れる。

どうかした？　と思ったら――。

「初めまして、律の夫になる久我拓巳です。今日はこの場に呼んでくださりありがとうございます。仲野さんは前にも会ったね」

真由子さんと私もふり返る。

正統派のスリーピーススーツをモデルかのように着こなした拓巳が、私たちのいるカウンター席までやってくるところだった。

「拓巳。都合ついたんだ」

「律がお世話になってる相手だろ。挨拶しておかないとな」

真由子さんには以前から「紹介して」と言われていたのもあり、女子会をすると決まったときに拓巳に声をかけたのだ。

すっとした立ち姿まで完璧で、モデルや俳優は見慣れているだろう真由子さんが息をのんで私の脇を小突く。

「こんなイケメンだなんて、聞いてないわよ?」

「律がよくしてもらっているそうで。俺からもお礼を言わせてください」

真由子さんのささやきをさらりと受け止め、拓巳が涼しげな目を細める。好奇心あふれる彼女の追及にも嫌がることなく、誠実な返答をした。

真由子さんはご満悦だ。

「久我さんは、りっちゃんのどういうところが好きなの?」

「ちょっ、真由子さん!」

焦る私を拓巳は「いいって」と余裕のある態度で遮る。

笑うと鼻の脇に皺ができるところ、ものを食べるときに大きな口を開けるのをためらわないところ、料理がうまいところ……。

美点なのか首をかしげるものもあるけれど、いくつも挙げられて胸の内がむず痒い。

「けっきょく、律といるときの自分が一番自然に笑えるので……そういう笑いを作り出してくれるところ、ですかね」

「………っ」

とどめを刺された。

真由子さんは完全に当てられた様子だし、私は胸がつまってしまって口をぱくぱくさせるばかり。

さくらちゃんはというと……あ、これはドン引きの顔だ。

でもその表情には「触らぬ神に祟りなし」という怖れにも似た雰囲気がなぜかまじっていておかしい。

拓巳はそれぞれに言葉も出ない私たちに気づいて照れくさそうに首の裏を掻くと、仕事に戻らなければいけないからと帰っていった。

「りっちゃんの旦那サマ、言うことまでイケメンだったわ……！」

「前は焦ってる感じありましたけど、今日のあの人、堂々としてましたね……余裕ぶっててムカつく……」

ぎょっとすると、さくらちゃんが「褒めてます」と言う。さくらちゃんの言葉はときどきよくわからないけど、まあいっか。

女性客たちの黄色い歓声にはっとして店内を見回すと、羨望の視線がこちらに向いていた。いたたまれない……！

だけど同時に惚気とは少し違う、誇らしい気持ちが湧いてくる。

いつまでも忘れられなかった幼馴染みで、元恋人で……誰よりも愛しい婚約者。

そんな人と、これからの人生を共に歩いていけることに。


白いタキシードに身を包んだ拓巳へ私をバトンタッチするときから、母は号泣していた。もらい泣きしそうになるのを、ぐっとこらえる。私は笑って母の背をさすり、拓巳の隣に並んだ。

ホワイトデーの結婚式は、白と淡い桃色を基調とした装花に囲まれた教会で、神聖かつ和やかに始まった。

総ガラスの窓の向こうでは、春先に特有のけぶるような空に、どこまでも終わりのない海の青が溶けてまざり合う。

明け方の冷気も昼前ともなればぬるんで、肩を大きく出したマーメイドラインのウエディングドレス姿でも肌寒さを感じない。

拓巳が私のドレス姿をしげしげと眺める。あまりに長い時間、眺めたまま微動だにしないものだから、神父が空咳をして式の開始をうながすほどだった。

参列者の一角から忍び笑いが漏れる。そちらをちらっと見れば、正装姿もまぶしいひろくんだった。

緊張がふっと解ける。

拓巳の白いタキシードに対して、ひろくんは黒で対照的だ。

これまで何度も、拓巳はひろくんが光を浴びるところを見てきたんだと思う。

自分が黒……ひろくんの影だと思ったことも、あったのかもしれない。だけどそんなのはただの、ひとつの見方に過ぎなくて。

——私にとっては、たったひとりの特別な光だな……なんて。

神父の前で愛を誓い、結婚指輪を贈り合う。

拓巳の手でマリアベールを持ち上げられ、誓いのキスをする。見つめ合って、ふたりとも破顔した。

結婚が無事に成立して、うつくしい調べの音楽が流れる。

たくさんの拍手と笑顔と、少しの涙に包まれたあたたかな式は、終わってみれば少々あっけないほどあっというまだった。

このあとはホテルの会場に場所を移しての披露宴だ。

準備がととのいました、とスタッフが控え室へ呼びにくる。あとをついて教会を出ると、教会からホテルへと続く小径には式の参列者がずらりと並んでいた。

「――それでは、おふたりが通られましたら、フラワーシャワーをお送りください！」

合図と同時に、左右から濃淡さまざまなピンクの花びらが降り注いできた。

私たちは顔を見合わせて、くすくすと笑う。

「拓巳、さっそく頭に花びらが」

「おまえもな。……行くか」

「うん」と答え、フラワーシャワーの祝福の中を一緒に一歩、踏み出す。

おめでとう、お幸せにという言葉が花のように降り注ぐ。私はブーケを持ったまま拓巳の腕に腕を絡ませる。

「なんか……すげぇな」

拓巳がひとりごちた。

「ん？」

訊き返されると思わなかったのか、拓巳が虚をつかれたふうに立ち止まる。

思わず息をのんだ。

拓巳はゆっくりと私のほうを向いて……蕩けるような笑みを深めた。

「これからずっと、おまえを愛して生きていけるんだと思ったら……今、すげぇ幸せ」

あとがき

幼馴染みという関係性が好きです。

多感な時期に誰よりもそばにいて、肩肘張らずに接することができる特別な立ち位置。自分にだけ見せてくれる顔や、ふたりだけに通じる言葉や暗黙の約束があったりするところに惹かれます。

一方で、近しいからこそ相手の感情を深読みしてしまったり、今の関係から敢えて一歩踏み出す勇気が持てなかったり……という「あるある」な心の揺れも好きです。

本作ではそんなふたりの、不器用な恋を書かせていただきました。

大人になってそれぞれの人生を歩んでいても、ふたたび出会えば昔の空気感に戻れるところも幼馴染みならではは。ヒーロー、拓巳の口調が砕けているのは、ヒロインである律の前では取り繕う必要がないからだと思います。

そんな幼馴染みふたりが、ねじれたまま経過した十年を解きほぐしていく過程を、楽しんでいただけたら嬉しいです。


担当様。大変ご迷惑をおかけしました。多々、調整頂いたのではないかと想像しますが、おかげ様でなんとか仕上げることができました。感謝してもしきれません。

イラストをお引き受けくださったカズアキ先生。艶っぽさのあふれる全体の雰囲気がとても好みで、主人公ふたりに対して「素敵に描いてもらえてよかったね」と心の中で声をかけるほどでした。

個人的にはヒロインの身体のなんともいえないまろやかさ、やわらかさがたまりません。本当にありがとうございました。

デザイナー様、校正様、そのほか刊行にあたりご尽力くださった全ての方にも深い感謝を捧げます。

最後になりましたが、新年早々に、皆様にお目にかかれたことを嬉しく思います。お手に取ってくださり、ありがとうございました。

皆様のこの一年が、ハッピーに満ちたものでありますように。

そして、またいつか皆様にお目にかかれる日がくることを願って。

彼方紗夜（かなたさや）

✦ ファンレターの宛先 ✦

〒102-0072　東京都千代田区飯田橋3-3-1
プランタン出版　オパール文庫編集部気付
彼方紗夜先生係／カズアキ先生係

オパール文庫Webサイト　https://opal.l-ecrin.jp/

二度目の恋は、甘く蕩けて 捨てられたはずの元カレ幼馴染みと溺愛結婚始めました

著　者——彼方紗夜（かなた さや）
挿　絵——カズアキ
発　行——プランタン出版
発　売——フランス書院
〒102-0072　東京都千代田区飯田橋3-3-1
印　刷——誠宏印刷
製　本——若林製本工場
ISBN978-4-8296-5562-7 C0193

本書へのご意見やご感想、お問い合わせは、QRコード、
または下記URLより弊社公式ウェブサイトまでお寄せください。
https://www.l-ecrin.jp/inquiry

最強ラブラブ夫婦になりますっ！
愛の試練を乗り越えて
彼方紗夜
Saya Kanata
Illustration 八美☆わん
俺様帝国皇太子×ピュア公女、
二人の絆が試される!?
帝国皇太子に求婚されたけれど、
結婚する前に二人の絆を示せだなんて!?
戸惑うものの、この愛は揺るがない。極上甘々な幸せ婚！
Tia6899